Learn German
with
Everyday Situations

German B1 Reader

Brian Smith

Copyright 2023

Brian Smith

German Graded Readers

For more books and E-book options visit:

www.briansmith.de

Die Post

1. Ein geheimnisvoller Brief

Anna öffnete ihren Briefkasten und fischte einen seltsamen Umschlag heraus. Er war beige, abgenutzt und ohne Absender. „Komisch," murmelte sie und drehte den Umschlag in ihren Händen. Als sie ihn öffnete, fiel eine alte Münze heraus, gefolgt von einem kleinen Zettel.

„Was ist das?" flüsterte sie und las die Botschaft auf dem Zettel: „Bring diese zur Post, um das Geheimnis zu lösen."

Ihre Augen weiteten sich. Sie rannte in ihre Wohnung und rief sofort ihre beste Freundin Lena an.

„Lena! Du wirst nicht glauben, was ich gerade im Briefkasten gefunden habe!" rief Anna aufgeregt.

Lena lachte. „Was denn? Ein Liebesbrief von einem heimlichen Verehrer?"

Anna rollte mit den Augen. „Nein, albern! Einen seltsamen Brief mit einer alten Münze und einer Nachricht."

Lena war sofort interessiert. „Erzähl mir mehr!"

Anna schilderte den Inhalt des Briefs, und Lena war genauso verwirrt und neugierig wie sie. „Lass uns morgen zur Post gehen und herausfinden, was es damit auf sich hat," schlug Lena vor.

Am nächsten Morgen trafen sich die beiden vor der Post. Anna hielt den Brief fest in der Hand und überlegte. „Sollten wir den Brief vielleicht verschicken? Es gibt keine Adresse, aber vielleicht...?"

Lena schüttelte den Kopf. „Das macht keinen Sinn, Anna. Lass uns zuerst in die Post gehen und nachsehen, ob dort jemand mehr weiß."

Als sie die Post betraten, waren sie nicht die einzigen Kunden. Es war ein typischer geschäftiger Morgen. In einer Ecke stand eine alte Frau, die gerade Briefmarken kaufte.

„Schau mal, Anna," flüsterte Lena und zeigte auf die alte Frau. „Sie kauft Briefmarken. Vielleicht hat das etwas mit unserem Brief zu tun."

Anna runzelte die Stirn. „Das ist aber eine sehr vage Verbindung, findest du nicht?"

Lena zuckte mit den Schultern. „Es ist einen Versuch wert." Sie ging zum Schalter und kaufte auch eine Briefmarke. „Hier, Anna," sagte sie und gab Anna das Wechselgeld zurück. „Falls wir den Brief verschicken müssen."

Anna sah die Briefmarke in ihrer Hand an. „Aber wem sollen wir ihn schicken? Es gibt keine Adresse, und es steht auch nicht darauf, wohin er gehen soll."

Lena überlegte einen Moment. „Vielleicht sollten wir einfach warten und sehen, ob jemand auf uns zukommt. Oder vielleicht gibt es in der Post irgendwelche Hinweise."

Die beiden setzten sich auf eine Bank in der Ecke der Post und beobachteten die Leute. Die alte Frau war inzwischen gegangen, und es kamen immer mehr Kunden herein.

Plötzlich trat ein Postangestellter auf sie zu. „Entschuldigung," sagte er, „ich habe gesehen, wie Sie den Brief angeschaut haben. Suchen Sie nach jemandem?"

Anna und Lena sahen sich an. „Ja," sagte Anna zögerlich. „Wir haben diesen Brief gefunden, und wir wissen nicht, was wir damit machen sollen."

Der Postangestellte lächelte. „Folgen Sie mir," sagte er.

Die beiden Mädchen standen auf und folgten ihm in einen hinteren Raum der Post. Auf einem Tisch lag ein Stapel von ähnlichen Briefen.

„Das sind alles Briefe, die ohne Absender und ohne Adresse hierher gekommen sind," erklärte der Angestellte. „Wir wissen nicht, von wem sie kommen oder wohin sie gehen sollen."

Anna und Lena sahen sich an, beide mit großen Augen.

1. **abgenutzt** - worn out

2. **Absender** - sender

3. **alte Münze** - old coin

4. **angeschaut** - looked at

5. **Augen rollte** - rolled eyes

6. **Botschaft** - message

7. **Briefkasten** - mailbox

8. **Briefmarken** - stamps

9. **eingehen** - enter (in this context: to go in)

10. **Ecke** - corner

11. **Erzähl** - tell

12. **flüsterte** - whispered

13. **folgen** - follow

14. **gefunden** - found

15. **geschäftiger** - busy

16. **heimlichen Verehrer** - secret admirer

17. **Hinweise** - clues/hints

18. **kaufte** - bought

19. **Komisch** - strange

20. **lachte** - laughed

21. **murmelte** - murmured

22. **Nachricht** - message/news

23. **neugierig** - curious

24. **Postangestellter** - postal employee

25. **rannte** - ran

26. **rief** - called

27. **runzelte die Stirn** - furrowed her brow

28. **Schalter** - counter

29. **schilderte** - described

30. **schlug vor** - suggested

31. **seltsamen** - strange

32. **Stapel** - stack/pile

33. **traten** - stepped

34. **überlegte** - considered/thought

35. **Umschlag** - envelope

36. **verwirrt** - confused

37. **weiteten** - widened

38. **zögerlich** - hesitant

39. **zuckte mit den Schultern** - shrugged

40. **zurück** - back

2. Das Rätsel der Post

Anna stellte sich mit zittrigen Beinen an den Schalter der Post. „Entschuldigung, ich erwarte ein Paket. Es könnte etwas mit diesem Brief zu tun haben," sagte sie und zeigte den mysteriösen Brief.

Der Postbeamte, ein älterer Mann mit grauem Bart, sah den Brief an und nickte dann. „Ich glaube, ich habe genau das, was Sie suchen." Er verschwand kurz und kam mit einem kleinen, staubigen Paket zurück. „Hier," sagte er und reichte es Anna.

Anna nahm das Paket entgegen und riss es auf. Darin befand sich eine alte, metallene Briefwaage und ein weiterer Hinweis. „Was sagt er?" fragte Lena neugierig.

Anna las laut vor: „Wiege die Münze und den Brief zusammen, um das nächste Rätsel zu erhalten."

Lena grinste. „Na dann, lass uns das tun!" Sie nahm die Briefwaage und legte vorsichtig den Brief und die Münze darauf. Als sie beides wog, bemerkte Anna eine kleine Zahl auf der Unterseite der Waage. „Hier! Schau mal!" rief sie aus.

Lena beugte sich vor. „Oh, das muss der Code für ein Schließfach sein!" Beide eilten zum Schließfachbereich der Post. Mit zittrigen Händen gab Anna den Code ein, und das Fach sprang auf. Darin lag eine Postkarte von einem malerischen Ort in der Stadt.

„Das kenne ich! Das ist der alte Brunnen am Marktplatz!" rief Lena aus.

Anna nickte. „Vielleicht ist das der Ort, an dem wir die nächste Antwort finden." Sie kaufte eine Briefmarke am Schalter und klebte sie auf die Postkarte. Mit einer kurzen Notiz – „Wir sind auf dem richtigen Weg!" – schickte sie die Karte an ihre eigene Adresse.

Die Postangestellte, eine junge Frau mit einem freundlichen Lächeln, gab ihnen das Wechselgeld zurück. „Viel Erfolg bei Ihrem Abenteuer und einen schönen Tag!" sagte sie.

Anna und Lena verließen die Post und machten sich auf den Weg zum Brunnen. „Was denkst du, werden wir dort finden?" fragte Lena.

Anna zuckte mit den Schultern. „Ich habe keine Ahnung, aber ich bin bereit, es herauszufinden!"

Am Brunnen angekommen, sahen sie sich um. Es war ein ruhiger, sonniger Tag, und der Brunnen plätscherte leise vor sich hin. Plötzlich bemerkte Anna eine kleine Figur am Rand des Brunnens. Es war eine kleine, bronzefarbene Statue einer Frau mit einer Waage in der Hand.

„Schau mal!" rief Anna und zeigte auf die Statue. „Das ist genau die Waage aus unserem Paket!"

Lena kniete sich hin und untersuchte die Statue genauer. „Hier ist eine Inschrift," sagte sie und las vor: „Die Antwort liegt in der Balance."

Anna überlegte. „Die Münze und der Brief... Sie mussten zusammen gewogen werden, um die Antwort zu finden. Vielleicht müssen wir noch etwas anderes zusammen wiegen?"

Lena nickte. „Aber was? Und wo finden wir es?"

Die beiden überlegten einen Moment, dann fiel Anna etwas ein. „Vielleicht gibt es in der Post noch mehr Hinweise? Oder vielleicht sollten wir den Brief noch einmal genau untersuchen."

Zurück in Annas Wohnung untersuchten sie den Brief erneut. Diesmal bemerkten sie eine feine Linie am Rand des Briefes. Sie zogen vorsichtig daran und ein weiterer, kleinerer Brief fiel heraus.

„Ein Brief im Brief!" rief Lena aus.

Anna öffnete den kleineren Brief und las vor: „Die Antwort liegt in der Balance, aber nicht alles ist, wie es scheint. Suche nach dem, was fehlt, und du wirst finden, was du suchst."

Lena überlegte. „Die Münze, der Brief, die Waage... Was fehlt?"

Anna dachte nach. „Das Wechselgeld! Die Postangestellte hat uns Wechselgeld gegeben!"

Lena klatschte in die Hände. „Genau! Lass uns das Wechselgeld und die Münze zusammen wiegen!"

Die beiden legten das Wechselgeld und die Münze auf die Waage, und diesmal zeigte die Waage eine andere Zahl. „Das ist der Code für ein anderes Schließfach!" rief Anna aus.

Zurück in der Post eilten sie zum Schließfachbereich und gaben den neuen Code ein. Diesmal sprang ein anderes Fach auf, und darin lag ein kleines, ledergebundenes Buch.

Lena nahm es heraus und öffnete es. „Es ist ein Tagebuch," sagte sie. „Es gehört jemandem namens Emilie. Sie schreibt über ein Geheimnis, das sie entdeckt hat, und über ihre Suche nach Antworten."

Anna sah Lena an. „Das muss das Geheimnis sein, das wir suchen! Lass uns das Tagebuch lesen und herausfinden, was Emilie entdeckt hat."

Lena nickte. „Ja, lass uns das tun. Und vielleicht finden wir dabei auch die Antwort auf unser eigenes Rätsel."

Die beiden setzten sich in eine Ecke der Post und begannen, das Tagebuch zu lesen. Sie waren entschlossen, das Geheimnis zu lüften und die Antwort auf das Rätsel zu finden.

beide - both

bemerkte - noticed

bronzefarbene - bronze-colored

Brunnen - fountain

Code - code

entdeckt - discovered

erwarte - expect

eilt - hurried

gekniete - knelt

Inschrift - inscription

leise - quietly

malerischen Ort - picturesque place

Metallene - metal

mysteriösen - mysterious

Paket - package

plätscherte - splashed

Postbeamte - postal official

Postkarte - postcard

Rätsel - riddle

Reihe - row

Schließfach - locker (in this context: deposit box)

Schließfachbereich - locker area

sprang auf - popped open

staubigen - dusty

Statue - statue

Tagebuch - diary

Unterseite - underside

verschicken - send

verschwand - disappeared

Waage - scale

Wechselgeld - change (money)

zittrigen Beinen - trembling legs

zuckte - twitched

zurück - back

3. Die Lösung

Anna riss den Briefumschlag auf und zog die Postkarte heraus. Sie drehte sie um und las die Botschaft auf der Rückseite: „Das Geheimnis liegt in der Vergangenheit.“

„Was könnte das bedeuten?“ fragte Lena, die neben Anna auf dem Sofa saß.

Anna zuckte mit den Schultern. „Vielleicht hat es etwas mit der Geschichte der Stadt oder der Post zu tun?“

Lena schlug vor: „Lass uns in der Stadtbibliothek nachforschen. Dort gibt es bestimmt Bücher über die Geschichte der Stadt und vielleicht auch über die Post.“

Die beiden machten sich auf den Weg zur Bibliothek. Nach einigen Stunden Recherche stießen sie auf alte Dokumente und Fotos der Post aus vergangenen Zeiten. Ein Foto zeigte eine Gruppe von Postbeamten vor dem Gebäude. Anna zeigte auf eine

Frau im Bild. „Schau mal, das ist die alte Frau, die wir in der Post gesehen haben!"

Lena starrte das Bild an. „Das kann nicht sein! Dieses Foto muss über 50 Jahre alt sein. Wie kann sie immer noch so jung aussehen?"

Anna überlegte. „Vielleicht weiß sie mehr über das Geheimnis. Lass uns zur Post zurückkehren und mit ihr sprechen."

Als sie in der Post ankamen, suchten sie nach der alten Frau. Sie fanden sie in einer Ecke, wo sie Briefmarken sortierte. „Entschuldigen Sie," begann Anna, „wir haben dieses Foto von Ihnen gesehen. Können Sie uns mehr darüber erzählen?"

Die alte Frau sah auf und lächelte. „Das war vor langer Zeit. Ich habe früher hier gearbeitet."

Lena zeigte auf das Foto. „Aber das ist über 50 Jahre her. Wie ist das möglich?"

Die alte Frau seufzte. „Es ist ein langes und kompliziertes Geheimnis. Aber da ihr so weit gekommen seid, werde ich es euch erzählen."

Sie erzählte ihnen von einem verlorenen Schatz, der in der Post versteckt war. „Es ist eine Sammlung seltener Briefmarken, die vor vielen Jahren verloren ging. Viele haben danach gesucht, aber niemand konnte sie finden."

Anna und Lena tauschten aufgeregte Blicke aus. „Können wir helfen, den Schatz zu finden?" fragte Anna.

Die alte Frau nickte. „Aber es wird nicht einfach sein. Der Schatz ist gut versteckt."

Mit Hilfe des Postpersonals begannen Anna und Lena ihre Suche. Sie durchsuchten jeden Winkel der Post, von den Schließfächern bis zum Dachboden. Stunden vergingen, und sie waren kurz davor aufzugeben, als Lena plötzlich einen alten, verstaubten Briefumschlag in einem verlassenen Fach fand.

Sie riss ihn auf und darin fand sie eine Sammlung glänzender, seltener Briefmarken. „Das ist es!" rief sie aus.

Anna kam zu ihr und sah die Briefmarken an. „Wir haben es geschafft! Wir haben den Schatz gefunden!"

Die beiden umarmten sich vor Freude. Die alte Frau kam zu ihnen und lächelte. „Ich wusste, dass ihr es schaffen würdet. Dieser Schatz gehört nun euch."

Anna und Lena konnten ihr Glück kaum fassen. Sie dankten der alten Frau und dem Postpersonal und verließen die Post, den Schatz fest in den Händen haltend.

Auf dem Weg nach Hause sagte Lena: „Das war das unglaublichste Abenteuer meines Lebens. Ich kann nicht glauben, dass wir den Schatz gefunden haben!"

Anna nickte. „Ich auch nicht. Aber das Wichtigste ist, dass wir es zusammen geschafft haben."

Die beiden Freundinnen lachten und gingen Arm in Arm nach Hause, glücklich über ihr Abenteuer und das Geheimnis der Post, das sie gelüftet hatten.

ankamen - arrived

Bibliothek - library

Botschaft - message

Briefumschlag - envelope

davor - before that/beforehand

Dachboden - attic

drehte - turned

Fach - compartment, in this context: pigeonhole or cubbyhole

Früher - previously, in the past

gelüftet - unveiled, revealed

Geschichte - history

glänzender - shiny

haltend - holding

kompliziertes - complicated

langer Zeit - long time ago

nachforschen - research

Recherche - research

schatz - treasure

seufzte - sighed

sortierte - sorted

Stadtbibliothek - city library

starrte - stared

tauschten - exchanged

umarmten - hugged

verlassenen - abandoned

verlorenen - lost

versteckt - hidden

Winkel - corner

Am Flughafen

1. Ein erstes Mal am Flughafen

Matthias blickte nervös auf seine Uhr. In weniger als zwei Stunden würde er zum ersten Mal in seinem Leben einen internationalen Flug antreten. Er stand vor dem riesigen Eingang des Münchener Flughafens und versuchte, sich zu orientieren. Die Anzeigetafeln flimmerten mit Informationen, und Menschen eilten in alle Richtungen.

„Okay, tief durchatmen, Matthias. Das schaffst du," murmelte er sich selbst zu und schritt in die Halle. Überall gab es Schalter, aber welcher war der richtige für seinen Flug nach Paris?

Während er noch suchte, trat ihm eine junge Flughafenangestellte mit einem Namensschild, auf dem „Lena" stand, entgegen. „Kann ich Ihnen helfen?" fragte sie mit einem freundlichen Lächeln.

Matthias sah sie dankbar an. „Ja, bitte. Es ist mein erster Flug, und ich bin ein wenig... überfordert."

Lena lachte leicht. „Kein Problem, das geht vielen so. Für welchen Flug sind Sie hier?"

„Für den Flug nach Paris um 14 Uhr."

Lena nickte und wies auf einen Schalter ein paar Meter entfernt. „Dort können Sie einchecken. Ich begleite Sie."

Beim Schalter angekommen, half Lena Matthias mit den Formalitäten. Er gab seinen Koffer ab, und sie erklärte ihm den Ablauf des Sicherheitschecks. „Vergessen Sie nicht, alle Flüssigkeiten in einem transparenten Beutel zu verpacken," warnte sie ihn.

„Flüssigkeiten? Oh nein, ich habe meine Zahnpasta und mein Deo einfach so in den Rucksack getan," gestand Matthias.

Lena lächelte beruhigend. „Keine Sorge, hier gibt es Beutel, die Sie nutzen können." Sie reichte ihm einen, und Matthias verpackte seine Flüssigkeiten ordnungsgemäß.

Nachdem er den Sicherheitscheck passiert hatte, führte Lena ihn zur Passkontrolle. Matthias zeigte seinen Reisepass vor und war froh, dass er diesen Schritt ohne Probleme hinter sich gebracht hatte.

Als sie weitergingen, sagte Lena: „Es könnte hilfreich sein, eine Karte des Flughafens im Wartebereich zu holen. So können Sie sich besser orientieren."

Das schien eine gute Idee zu sein. Mit der Karte in der Hand setzte Matthias sich in den Wartebereich und studierte sie. Er markierte sein Gate und suchte nach einem Ort, an dem er etwas essen könnte.

„Ich empfehle die Brezeln und den Apfelsaft hier. Typisch bayerisch und sehr lecker!" sagte Lena, die ihn immer noch begleitete.

Matthias folgte ihrem Rat und kaufte sich eine Brezel und einen Saft. „Danke für all Ihre Hilfe, Lena. Ich wäre wirklich verloren ohne Sie."

Lena lächelte. „Das ist meine Aufgabe. Ich helfe gerne. Und keine Sorge, bald sind Sie ein Profi im Fliegen!"

Die Zeit verging schnell, und bald wurde das Boarding für seinen Flug angekündigt. Matthias zeigte seine Bordkarte und betrat das Flugzeug.

Während er nach seinem Platz suchte, dachte er an all die Dinge, die er heute gelernt hatte. Er fühlte sich bereit für dieses Abenteuer und hoffte, dass sein Flug pünktlich starten würde.

Er ließ sich in seinen Sitz fallen, schnallte sich an und blickte aus dem Fenster. Während das Flugzeug anfing, sich zu bewegen, schloss er die Augen und freute sich auf sein erstes Mal in der Luft.

Anzeigetafeln - display boards

Ablauf - procedure

begleite - accompany

Beutel - bag

blickte - looked

Boarding - boarding (process of getting on the plane)

Bordkarte - boarding pass

Brezeln - pretzels

Flughafenangestellte - airport employee

flimmerten - flickered

Formalitäten - formalities

Gate - gate (terminal area where passengers board)

gestand - confessed/admitted

Halle - hall

markierte - marked

Namensschild - name tag

orientieren - orient oneself, get one's bearings

Passkontrolle - passport control

pünktlich - on time, punctual

Reisepass - passport

Sicherheitscheck - security check

schnallte - fastened (e.g., a seatbelt)

transparenten - transparent

überfordert - overwhelmed

verpacken - to pack

Wartebereich - waiting area

2. Ein unerwarteter Stopp

Das sanfte Brummen des Flugzeugmotors und das gelegentliche Klirren von Getränkewagen auf dem Gang waren die einzigen Geräusche, die Matthias wahrnahm. Er war kurz davor, einzudösen, als das Flugzeug plötzlich ruckelte. Es fühlte sich an, als ob das Flugzeug von einer unsichtbaren Hand geschüttelt wurde. Matthias klammerte sich an seinen Sitz und spürte, wie sein Herz schneller schlug.

„Alles in Ordnung bei Ihnen?" Eine freundliche Flugbegleiterin neigte sich zu ihm herunter, ihr Lächeln versuchte, beruhigend zu wirken.

„Ist das normal?" Matthias' Stimme zitterte leicht.

Die Flugbegleiterin nickte. „Ja, das sind nur Turbulenzen. Das kann manchmal vorkommen. Machen Sie sich keine Sorgen, es ist ganz normal."

Trotz ihrer beruhigenden Worte konnte Matthias den Knoten in seinem Magen nicht lockern. Er war froh, als das Flugzeug sich beruhigte und die Reise wieder ruhig verlief.

Kurz darauf hörte er die Stimme des Piloten aus dem Lautsprecher. „Liebe Passagiere, aufgrund unerwarteter Wetterbedingungen werden wir auf einem anderen Flughafen landen müssen. Wir entschuldigen uns für die Unannehmlichkeiten und danken Ihnen für Ihr Verständnis."

Matthias stöhnte leise. Was sollte er jetzt tun? Er hatte keine Ahnung von anderen Flughäfen oder wie er von dort zu seinem endgültigen Ziel kommen sollte.

„Keine Sorge, wir kriegen das hin." Eine vertraute Stimme ließ ihn aufblicken. Neben ihm stand Lena, die freundliche Flughafenangestellte aus München.

„Sie sind auch an Bord?" Matthias war überrascht.

Lena lachte. „Ja, ich mache Urlaub. Zufälle gibt's, oder?"

Das Flugzeug setzte zur Landung an, und kurz darauf fanden sich beide in einer unbekannten Flughafenhalle wieder.

„Gut, zuerst sollten wir unser Gepäck holen und dann herausfinden, wie wir weiterkommen", sagte Lena entschlossen.

Matthias nickte zustimmend. Gemeinsam gingen sie zum Gepäckband und warteten. Nach einigen Minuten kamen ihre Koffer an. Mit dem Gepäck in der Hand machten sie sich auf den Weg zu einem Informationsstand.

„Entschuldigung", begann Lena, „wir sollten eigentlich nach Paris fliegen. Wissen Sie, wann der nächste Anschlussflug geht?"

Die Frau hinter dem Schalter tippte auf ihrem Computer herum. „Der nächste Flug nach Paris geht in drei Stunden. Sie können Ihre Tickets hier umtauschen."

Nachdem sie alles geklärt hatten, suchten Matthias und Lena nach einem Ort, um die Zeit zu überbrücken. „Wie wäre es mit einem Café? Ich könnte einen Kaffee vertragen", schlug Lena vor.

Matthias war einverstanden, und bald saßen sie in einem gemütlichen Flughafen-Café. Lena bestellte für beide, und Matthias war dankbar für ihre Hilfe. „Wissen Sie", sagte er, „das hier ist mein erster internationaler Flug. Ich bin froh, dass Sie hier sind."

Lena lachte. „Ich habe das bemerkt. Aber jeder hat mal angefangen. Bald werden Sie ein Profi sein."

Sie unterhielten sich über alles Mögliche – ihre Familien, Hobbys und Reisepläne. Matthias fühlte sich mit jeder Minute wohler.

Endlich wurde ihr Flug aufgerufen. „Das ist unser Gate", sagte Lena und zeigte auf die Anzeigetafel.

Sie gingen gemeinsam zum Gate, zeigten ihre Bordkarten und stiegen in das Flugzeug. Diesmal fühlte sich Matthias sicherer, besonders mit Lena an seiner Seite.

Das Flugzeug hob ab, und bald waren sie wieder in der Luft. Matthias lehnte sich zurück und schloss die Augen. Er freute sich auf Paris, aber er war auch gespannt, was das Schicksal noch für ihn bereithielt.

Nach einer ruhigen Reise landeten sie endlich am Pariser Flughafen. Matthias blickte aus dem Fenster und konnte die Stadt der Lichter in der Ferne sehen. Ein Gefühl der Aufregung durchzuckte ihn. Mit Lena an seiner Seite fühlte er sich bereit für dieses neue Abenteuer. Wer weiß, welche Überraschungen noch auf ihn warteten?

Anschlussflug - connecting flight

aufblicken - to look up

aufgrund - due to

beruhigend - reassuring, soothing

Brummen - humming

durchzuckte - surged through, flashed through

endgültigen Ziel - final destination

Flugbegleiterin - flight attendant

Flugzeugmotors - airplane engine

gelegentliche - occasional

Gepäckband - luggage carousel

herum - around

Klirren - clinking, jingling

ruckelte - jolted

schütteln - to shake

Stöhnte - groaned

Turbulenzen - turbulence

überbrücken - to bridge, pass the time

unerwarteter - unexpected

unbekannten - unknown

Wetterbedingungen - weather conditions

zitterte - trembled

zufällig - coincidental

3. Ankunft und Abschied

Die Lichter von Paris blinkten unter ihnen, als das Flugzeug seine Landung einleitete. Für Matthias war die Aussicht atemberaubend, und er fühlte sich, als würde ein neues Kapitel seines Lebens beginnen.

„Schauen Sie sich das an", sagte er, auf die glitzernde Stadt unter ihnen deutend.

Lena lehnte sich zu ihm herüber, um einen Blick aus dem Fenster zu werfen. „Es ist immer ein beeindruckender Anblick", antwortete sie lächelnd.

Als das Flugzeug landete und sie ausstiegen, führte Lena Matthias durch die Flughafenhalle. Sie kamen zur Einwanderungskontrolle, wo sie ihre Pässe und Dokumente vorzeigen mussten.

„Haben Sie etwas zu verzollen?", fragte der Zollbeamte Matthias.

Matthias zögerte einen Moment und sah unsicher zu Lena. „Ich... ich bin mir nicht sicher."

Lena trat ein und antwortete: „Nein, wir haben nichts zu verzollen."

Nachdem sie die Einwanderungskontrolle passiert hatten, gingen sie zum Gepäckband, um ihre Koffer zu holen. Der Flughafen war geschäftig mit Menschen aller Nationalitäten, die kamen und gingen. Lena schien in diesem Chaos völlig zu Hause zu sein, während Matthias noch immer überwältigt war.

Sie machten sich auf den Weg zum Ausgang und passierten den Zoll. Wieder war Matthias unsicher, aber Lena beruhigte ihn. „Solange du nichts Verbotenes dabei hast oder über den zulässigen Mengen liegst, musst du dir keine Sorgen machen", erklärte sie.

Sie folgten den Schildern zum Ausgang und sahen auf dem Weg dorthin viele andere Schilder, die auf verschiedene Transportmittel hinwiesen.

„Wie kommen Sie nach Hause?" fragte Matthias.

„Ich nehme den Zug", antwortete Lena. „Es ist der einfachste Weg, um in die Stadt zu kommen. Und Sie?"

„Ich habe nicht wirklich geplant, wie ich von hier aus weiterkomme", gab Matthias zu.

Lena lächelte. „Ich zeige Ihnen, wie Sie ein Taxi bekommen oder ein Zugticket kaufen."

Sie gingen zu einem nahegelegenen Ticketautomaten, wo Lena Matthias zeigte, wie man ein Ticket kauft. Danach führte sie ihn zum Taxistand.

„Das sollte Ihnen den Einstieg erleichtern", sagte sie. „Und wenn Sie irgendwelche Fragen haben oder Hilfe benötigen, rufen Sie mich einfach an." Sie zog einen Stift aus ihrer Tasche, schrieb ihre Nummer auf einen Zettel und gab ihn Matthias.

Er nahm den Zettel und sah Lena an. „Danke für alles. Ich hätte diese Reise ohne Ihre Hilfe nicht überstanden."

Lena lächelte. „Es war mir ein Vergnügen. Passen Sie gut auf sich auf, und ich hoffe, wir sehen uns bald wieder."

Mit diesen Worten verabschiedeten sie sich voneinander. Lena winkte ihm nach, als sie sich zum Bahnhof begab, während Matthias ein Taxi nahm.

Während der Fahrt nach Hause ließ er die Ereignisse des Tages Revue passieren. Die Aufregung des Fliegens, die Turbulenzen, der unerwartete Stopp und natürlich die freundliche und hilfsbereite Lena. Er fühlte sich dankbar für die unerwarteten Wendungen, die seine Reise genommen hatte, und war gespannt auf die Abenteuer, die noch vor ihm lagen.

Während das Taxi durch die Straßen von Paris fuhr, lächelte Matthias vor sich hin und dachte über seine neue Freundschaft nach. Obwohl der Tag mit Unsicherheit und Nervosität begonnen hatte, endete er mit dem Gefühl, dass er in dieser großen Stadt nicht allein war. Und er freute sich auf die Möglichkeit, Lena in der Zukunft wiederzusehen.

Als er schließlich zu Hause ankam, war er erschöpft, aber glücklich. Er wusste, dass dies nur der Anfang vieler weiterer Reisen und Abenteuer war. Und mit Freunden wie Lena an seiner Seite fühlte er sich bereit, der Welt zu begegnen.

Anblick - view, sight

Ankunft - arrival

atemberaubend - breathtaking

Ausgang - exit

Ausstieg - getting out, disembarking

beeindruckender - impressive

begab - headed

blinkten - blinked, twinkled

deutend - pointing

Einwanderungskontrolle - immigration control

Einstieg - entry, getting started

Flughafenhalle - airport terminal

geplant - planned

geschäftig - busy

glitzernde - glittering, sparkling

herüber - over

Revue passieren - to review, to reminisce

sich begegnen - to encounter, to meet up with

Ticketautomaten - ticket machine

überwältigt - overwhelmed

verabschiedeten - said goodbye

verbotenes - forbidden

verzollen - to declare (at customs)

Wendungen - twists, turns

zögerte - hesitated

zulässigen Mengen - permissible amounts

zum Bahnhof - to the train station

Im Restaurant

1. Eine ungewohnte Speisekarte

Der Duft von Braten und frisch gebackenem Brot empfing Thomas, als er das Restaurant betrat. Die warme Luft schien die Kälte des Berliner Winters aus seinen Knochen zu vertreiben. Er hatte sich für dieses Restaurant entschieden, weil er gehört hatte, dass es einige der besten traditionellen deutschen Gerichte anbietet.

Er wählte einen freien Tisch nahe dem Fenster, von wo aus er das geschäftige Treiben der Straße beobachten konnte. Kaum hatte er sich gesetzt, kam auch schon eine freundliche Kellnerin zu ihm. „Guten Abend! Hier ist die Speisekarte", sagte sie und reichte ihm das Menü.

Thomas begann, die verschiedenen Gerichte zu überfliegen, aber viele der Wörter waren ihm völlig unbekannt. Er runzelte die Stirn in Verwirrung.

Die Kellnerin bemerkte seine Verunsicherung und fragte: „Kann ich Ihnen bei der Auswahl helfen?"

„Ja, bitte", antwortete Thomas. „Es ist mein erstes Mal in Deutschland, und ich kenne viele dieser Gerichte nicht."

Die Kellnerin lächelte. „Kein Problem. Haben Sie Lust auf etwas Typisch Deutsches?"

Thomas nickte. „Ja, das wäre großartig. Was würden Sie empfehlen?"

„Der 'Sauerbraten' ist sehr traditionell und bei unseren Gästen sehr beliebt. Es handelt sich um einen marinierten Braten, der lange geschmort wird. Er ist sehr zart und wird mit 'Rotkohl' und 'Kartoffelklößen' serviert."

Thomas versuchte, das Wort nachzusprechen. „Sauerbraten? Did I say it right?"

„Ja, genau! Sehr gut ausgesprochen," lobte die Kellnerin.

„Und zum Trinken?", fragte Thomas und schaute auf die Getränkekarte.

„Wir haben verschiedene Weine. Möchten Sie einen 'Rotwein' oder einen 'Weißwein'?" erklärte die Kellnerin.

Thomas sah sie fragend an. „Was ist der Unterschied?"

„Der 'Rotwein' ist aus roten Trauben und hat einen kräftigeren Geschmack. Der 'Weißwein' ist aus weißen oder grünen Trauben und ist in der Regel leichter und frischer."

„Okay, ich probiere den Weißwein", entschied Thomas.

Nachdem er bestellt hatte, fiel ihm auf, dass auf seinem Tisch kein Besteck lag. „Entschuldigung, ich habe kein Besteck", sagte er.

Die Kellnerin nickte. „Oh, Entschuldigung. Ich bringe Ihnen sofort das 'Besteck'."

Als das Essen serviert wurde, war Thomas beeindruckt. Es roch fantastisch, und er war begierig darauf, es zu probieren. „Das sieht lecker aus! Danke!", sagte er und betonte das Wort „danke", das er vor seiner Reise gelernt hatte.

Das Essen war köstlich, und als er fertig war, fühlte er sich satt und zufrieden. Er winkte die Kellnerin heran und bat um die „Rechnung".

Die Kellnerin stellte die Rechnung auf den Tisch. Thomas sah den Betrag an und legte Geld darauf. „Stimmt so?", fragte er und hoffte, dass er das Konzept des Trinkgeldes richtig verstanden hatte.

Die Kellnerin lächelte. „Ja, vielen Dank! Ich hoffe, es hat Ihnen geschmeckt und wir sehen uns bald wieder."

Thomas nickte. „Definitiv! Danke für den tollen Service und das leckere Essen."

Als er das Restaurant verließ, fühlte er sich selbstbewusster. Er hatte neue Wörter gelernt, ein traditionelles deutsches Gericht probiert und war bereit für weitere kulinarische Abenteuer in Deutschland.

begierig - eager, keen

Besteck - cutlery

betonte - emphasized

Braten - roast

Duft - scent, fragrance

entschieden - decided

fiel...auf - noticed

gebackenem - baked

Getränkekarte - drink menu

geschmort - braised, stewed

Kartoffelklößen - potato dumplings

kräftigeren - stronger, more robust

Kälte - coldness

lächelte - smiled

marinierten - marinated

Rechnung - bill, invoice

Rotkohl - red cabbage

Rotwein - red wine

runzelte die Stirn - furrowed his brow

Sauerbraten - marinated pot roast, typically of beef

selbstbewusster - more confident

sich entschieden für - chose, decided on

Stimmt so? - Keep the change?

Trinkgeldes - tip (money)

überfliegen - to skim, glance over

Weißwein - white wine

winkte - waved

zufrieden - satisfied

2. Das Essen mit Freunden

Es war ein kühler Herbstabend in Berlin. Die Straßenlaternen warfen ihr warmes Licht auf das Kopfsteinpflaster, als Thomas auf dem belebten Alexanderplatz zwei bekannte Gesichter erkannte - Marie und Lukas. Sie hatten sich vor einigen Tagen bei einer Stadtführung getroffen und sich schnell angefreundet.

„Hey, ihr beiden!", rief Thomas und winkte ihnen zu.

Marie und Lukas lächelten. „Thomas! Wie geht's dir?", fragte Marie.

„Gut, danke. Und euch? Habt ihr Lust, mit mir essen zu gehen? Ich kenne ein tolles Restaurant hier in der Nähe", schlug Thomas vor.

Das klang für Marie und Lukas verlockend. „Klingt super! Wir haben heute noch nichts Richtiges gegessen", antwortete Lukas.

Sie gingen zu einem gemütlichen Restaurant, das deutsche Küche anbot. Als sie sich setzten, begann Thomas von seinen kulinarischen Abenteuern der letzten Tage zu erzählen.

„Das erste Mal, als ich hier war, war die Speisekarte wie ein Rätsel für mich", lachte er. „Aber jetzt kenne ich ein paar Tipps."

Marie schaute neugierig auf die Speisekarte. „Ich bin Vegetarierin. Gibt es hier vegetarische Optionen?", fragte sie.

„Ja, klar! Du kannst nach der 'vegetarischen Speisekarte' fragen", riet Thomas.

Lukas, der ein großer Bierliebhaber war, fragte den Kellner nach den „Biersorten". „Wir haben Pilsner, Weizenbier, und Dunkelbier", antwortete der Kellner.

„Ich nehme ein Weizenbier", entschied sich Lukas.

Nachdem sie ihre Getränke und Essen bestellt hatten, tauschten sie Geschichten über ihre bisherigen Reisen aus. Marie erzählte von ihrem Besuch in München, während Lukas von seinen Abenteuern im Schwarzwald berichtete.

Das Essen kam, und die drei Freunde waren beeindruckt von der Präsentation und dem Aroma. „Das sieht fantastisch aus!", sagte Marie und zeigte auf ihre „Vorspeise" - einen frischen Salat mit verschiedenen Gemüsesorten.

Lukas schnitt ein Stück von seinem „Hauptgericht" ab, einem saftigen Steak. „Das schmeckt genauso gut, wie es aussieht."

Thomas lächelte, als er seinen „Nachtisch", einen cremigen Käsekuchen, probierte. „Das ist himmlisch!"

Während des Essens erklärte Thomas Marie und Lukas die Trinkgeldkultur in Deutschland. „Es ist üblich, das Trinkgeld direkt beim Bezahlen zu geben und zu sagen 'Stimmt so', wenn man nicht zurück möchte."

Die Zeit verging wie im Flug, und bald war es Zeit zu gehen. Marie rief die Kellnerin herbei. „Könnten wir bitte 'drei getrennte Rechnungen' bekommen?"

Die Kellnerin nickte und kam kurz darauf mit den Rechnungen zurück. Jeder legte sein Geld auf den Tisch, und sie machten sich bereit, das Restaurant zu verlassen.

„Danke für den schönen Abend und das leckere Essen!", sagte Lukas zum Personal, als sie gingen.

„Ja, es war wirklich toll. Danke, Thomas, für den Tipp!", fügte Marie hinzu.

Die drei Freunde gingen Arm in Arm die beleuchtete Straße entlang, lachend und scherzend. „Was glaubt ihr, welches kulinarische Abenteuer uns morgen erwartet?", fragte Marie.

„Es gibt so viele Optionen! Vielleicht ein Biergarten? Oder ein Café mit frischen Kuchen?", schlug Lukas vor.

Thomas lachte. „Egal wohin es uns führt, ich bin sicher, es wird köstlich!"

Mit einem Gefühl von Freundschaft und Vorfreude auf ihre nächsten kulinarischen Entdeckungen in Deutschland setzten sie ihren Weg fort.

Alexanderplatz - Alexander Square (a large public square in Berlin)

angefreundet - befriended

Biersorten - types of beer

Dunkelbier - dark beer

gemütlichen - cozy

Hauptgericht - main course

herbei - over, closer

kühler - cool, chilly

Kopfsteinpflaster - cobblestone pavement

Nachtisch - dessert

neugierig - curious

Pilsner - type of lager beer

Schwarzwald - Black Forest (a mountainous region in southwest Germany)

Stadtführung - city tour

Trinkgeldkultur - tipping culture

verlockend - tempting

vegetarischen Speisekarte - vegetarian menu

Vorspeise - appetizer, starter

Weizenbier - wheat beer

zurück - back (in the context, it means change in money)

3. Ein Kochkurs in Berlin

Der Geruch von Zwiebeln und Knoblauch füllte die Küche des Berliner Kochstudios, als Thomas die Tür öffnete. Er hatte sich für diesen Kurs angemeldet, weil er nach seinen letzten kulinarischen Erlebnissen mehr über die deutsche Küche lernen wollte.

„Thomas!", rief eine vertraute Stimme. Er drehte sich um und sah Marie und Lukas, die bereits ihre Schürzen angezogen hatten. „Das ist ja eine Überraschung!", sagte er.

Marie lachte. „Nach unserem letzten Abendessen war ich so inspiriert, dass ich unbedingt mehr lernen wollte!"

Lukas fügte hinzu: „Und ich will lernen, wie man die perfekte Bratwurst macht!"

Gerade als sie sich weiter unterhielten, trat der Kochlehrer, ein großer Mann mit einer schimmernden Glatze und einem großen Schnurrbart, in den Raum. „Guten Morgen! Ich bin Chef Klaus. Heute werden wir einige traditionelle deutsche Gerichte kochen. Seid ihr bereit?"

Alle nickten begeistert.

Während des Kurses erklärte Chef Klaus verschiedene Techniken und die Bedeutung jedes Schritts. „Das Wichtigste beim Kochen ist 'schneiden'. Die Größe und Form der Zutaten beeinflussen den Geschmack und die Textur des Gerichts", erklärte er, während er eine Zwiebel mit beeindruckender Geschwindigkeit würfelte.

„Und jetzt zum 'rühren',", fuhr er fort, „es ist wichtig, immer in die gleiche Richtung zu rühren, um die Zutaten gleichmäßig zu vermischen."

Thomas, der versuchte, seine Zwiebel genau so fein zu hacken wie Chef Klaus, fragte: „Und was ist mit 'braten'? Irgendwelche Tipps?"

Chef Klaus lächelte. „Beim 'Braten' ist Geduld der Schlüssel. Das Fleisch oder Gemüse sollte von jeder Seite gleichmäßig gebraten werden, um den besten Geschmack zu erzielen."

Währenddessen bereitete Marie ihren „Kartoffelsalat" vor, wobei sie die Kartoffeln sorgfältig schnitt und kochte, während Lukas sich darauf konzentrierte, seine „Bratwurst" perfekt zu grillen.

„Vergiss nicht den 'Senf' und das 'Sauerkraut', Lukas!", riet Marie.

Nach Stunden intensiven Kochens waren alle Gerichte fertig. Die drei Freunde setzten sich an einen großen Holztisch und waren bereit, ihre Kreationen zu probieren.

„Das schmeckt unglaublich!", schwärmte Thomas, als er einen Bissen von Maries Kartoffelsalat nahm.

Lukas, der stolz auf seine Bratwurst war, sagte: „Ich glaube, ich habe den Dreh raus! Und dieser Senf gibt wirklich den extra Kick!"

Als der Kochkurs zu Ende ging, lobte Chef Klaus ihre Anstrengungen. „Ihr habt heute hervorragende Arbeit geleistet. Eure Gerichte waren köstlich."

Jeder Teilnehmer erhielt ein Zertifikat und ein Kochbuch mit deutschen Rezepten. „Ich werde definitiv zu Hause einige dieser Rezepte ausprobieren", sagte Marie.

Lukas lachte. „Ich auch! Meine Familie wird beeindruckt sein."

Thomas schaute auf sein Zertifikat und sagte nachdenklich: „Dies war eine unglaubliche Erfahrung. Ich habe nicht nur gelernt, wie man kocht, sondern auch mehr über die deutsche Kultur erfahren. Ich werde definitiv diese Kochkünste in meiner Heimat weitergeben."

Die drei Freunde verließen das Studio, ihre Bäuche voll und ihre Herzen erfüllt mit dem Wunsch, ihre neu erworbenen Fähigkeiten zu teilen. Sie wussten, dass dies nur der Anfang ihrer kulinarischen Reise war, und sie freuten sich auf viele weitere Abenteuer in der Welt der deutschen Küche.

angemeldet - registered

bereit - ready

braten - to roast, to fry

Bratwurst - a type of German sausage

Dreh raus - got the hang of it (idiomatic: "I got the knack of it.")

Glatze - bald head

hervorragende - excellent

Kartoffelsalat - potato salad

Kochbuch - cookbook

Kochkurs - cooking class

Kochlehrer - cooking instructor, chef teacher

Kochstudio - cooking studio

Kochkünste - cooking skills

rühren - to stir

schimmernden - shimmering

schneiden - to cut

Senf - mustard

Sauerkraut - fermented cabbage

Schnurrbart - mustache

Zertifikat - certificate

Zwiebeln - onions

Das Deutsche Museum

1. Der erste Besuch

Lukas stand vor dem beeindruckenden Eingang des Deutschen Museums in München und spürte ein Kribbeln der Vorfreude. Nachdem er über die „Anfahrt" auf der Museum-Website gelesen hatte, war es ihm leichtgefallen, das Museum mit der U-Bahn zu erreichen und an der Haltestelle „Deutsches Museum" auszusteigen.

Vor dem Eingang fiel ihm sofort der Ticket-Schalter ins Auge. „Ein Ticket, bitte", sagte er zur Verkäuferin und gab ihr einen Fünfzig-Euro-Schein. „Das macht 14 Euro", antwortete sie und gab ihm sein Wechselgeld und das Ticket zurück.

Mit dem Ticket in der Hand trat Lukas durch die Drehtür ins Hauptgebäude. Ein Mitarbeiter reichte ihm eine Broschüre mit einem Plan des Museums. „Hier können Sie sich einen Überblick verschaffen", sagte er freundlich.

Lukas warf einen Blick auf den Plan und war von der Vielfalt der Ausstellungen beeindruckt. Es gab Bereiche für „Naturwissenschaften", „Technik" und „Kultur". Da er schon immer ein Technikfreak war, zog es ihn direkt zum Technikbereich.

Die Ausstellung war beeindruckend. Historische Autos, Flugzeuge und viele andere Maschinen waren ausgestellt. Er konnte sich stundenlang darin vertiefen, doch nach einer Weile spürte er, wie sein Magen knurrte.

Er entschied sich für eine Pause im Museumscafé. Dort bestellte er einen Kaffee und ein Stück Kuchen. Während er genüsslich seinen Kuchen aß, kam ein Mann zu ihm. „Interessante Ausstellung, nicht wahr?", sagte er.

„Ja, absolut! Ich bin zum ersten Mal hier", antwortete Lukas.

„Ich arbeite hier als Führer. Mein Name ist Robert", stellte sich der Mann vor und reichte Lukas die Hand. „Es gibt eine besondere Ausstellung im Keller, die nicht vielen bekannt ist. Möchten Sie sie sehen?"

Lukas' Neugier war geweckt. „Ja, sehr gerne."

Sie machten sich auf den Weg, und Lukas fragte sich, was ihn in dieser besonderen Ausstellung erwarten würde.

Anfahrt - directions, approach

aussteigen - to get off (a vehicle), disembark

beeindruckenden - impressive

Broschüre - brochure

Drehtür - revolving door

Führer - guide (in this context)

Hauptgebäude - main building

Keller - basement

Kribbeln - tingling, prickling

Magen knurrte - stomach growled

Museumscafé - museum café

Naturwissenschaften - natural sciences

Technikfreak - tech geek/enthusiast

Ticket-Schalter - ticket counter

U-Bahn - subway, underground train

Vielfalt - variety, diversity

Wechselgeld - change (money)

Überblick verschaffen - to get an overview

2. Die versteckte Abteilung

Die Flure des Deutschen Museums fühlten sich endlos an, aber Robert, der Führer, schien genau zu wissen, wohin er ging. Er führte Lukas in einen weniger besuchten Teil des Museums, weg von den Hauptausstellungen und den lauten Besuchergruppen.

„Dieser Bereich des Museums ist für die meisten Besucher nicht zugänglich. Hier zeigen wir einige der ältesten und faszinierendsten Erfindungen, die nie das Licht der Öffentlichkeit erblickt haben", erklärte Robert.

Lukas, mit weit aufgerissenen Augen, bestaunte die vielen ungewöhnlichen Geräte und Maschinen, die den Raum füllten. Dann fiel sein Blick auf eine besondere Maschine mit einer kurzen Beschreibung: „Gedankenleser – Prototyp".

„Was ist das?", fragte Lukas und zeigte auf die Maschine.

„Ah, das ist eine unserer faszinierendsten Erfindungen. Es wurde behauptet, dass diese Maschine die Gedanken eines Menschen lesen kann. Möchtest du es ausprobieren?", fragte Robert mit einem schelmischen Grinsen.

Lukas zögerte nur kurz. „Klar, warum nicht?", antwortete er und setzte den dazugehörigen Helm auf.

Ein Bildschirm vor ihm flackerte kurz und zeigte dann Worte wie „Neugier", „Begeisterung" und „Erkundung". Lukas war sprachlos. „Kann es wirklich meine Gedanken lesen?"

Robert schmunzelte. „Nun, es erfasst eher Emotionen und Stimmungen als spezifische Gedanken. Aber es ist nicht immer genau, deshalb wurde es nie fertiggestellt und der Öffentlichkeit vorgestellt."

Lukas, immer noch beeindruckt, fragte lachend: „Kann ich diese Maschine als Souvenir kaufen?"

Robert lachte. „Leider steht sie nicht zum Verkauf. Aber ich bin froh, dass sie dir gefällt."

Sie setzten ihre Tour fort, und Robert erzählte viele spannende Geschichten über die Erfindungen, die sie sahen. Lukas lernte von

Geräten, die Zeit manipulieren sollten, von frühen Versionen von fliegenden Autos und von Robotern, die Gefühle haben sollten.

Als die Tour endete, sagte Lukas: „Vielen Dank, Robert. Das war wirklich aufschlussreich."

„Es war mir eine Freude, dir diesen versteckten Schatz zu zeigen", antwortete Robert.

Bevor er das Museum verließ, ging Lukas zum Museumsshop und kaufte ein Buch über die Geschichte des Deutschen Museums, um mehr über die faszinierenden Erfindungen zu erfahren, die er gesehen hatte.

Auf dem Rückweg zum Hotel, während er durch die Straßen von München schlenderte, dachte Lukas über all die unglaublichen Dinge nach, die er gesehen hatte. Er stellte sich vor, wie viele Erfindungen und Ideen noch unentdeckt in der Welt waren und wie sie das Leben der Menschen verändern könnten.

Dieser Gedanke inspirierte ihn zu seinem nächsten Abenteuer. „Ich muss mehr über Technik und Innovationen erfahren", dachte er sich. Er beschloss, am nächsten Tag das Technikmuseum in Berlin zu besuchen, in der Hoffnung, weitere Geheimnisse und faszinierende Geschichten zu entdecken.

Abteilung - department, section

aufgerissenen Augen - wide-open eyes

aufschlussreich - informative, revealing

beschloss - decided

bestaunte - marveled at

dazugehörigen - corresponding, associated

erblickt - caught sight of, beheld

Erkundung - exploration

faszinierendsten - most fascinating

flackerte - flickered

fliegenden Autos - flying cars

Gedankenleser - mind reader

Gefühle - feelings, emotions

Hauptausstellungen - main exhibitions

schelmischen Grinsen - mischievous grin

schmunzelte - smirked, chuckled

schlenderte - strolled, sauntered

souvenir - souvenir (Though this is an English word, in the context, it could be unfamiliar when used within a German text)

sprachlos - speechless

versteckten Schatz - hidden treasure

zugänglich - accessible

3. Das Technikmuseum in Berlin

Lukas' Reiselust wurde durch seinen Besuch im Deutschen Museum geweckt. Ohne zu zögern kaufte er am nächsten Morgen ein „Bahnticket" nach Berlin. Er hatte schon viel vom Technikmuseum in Berlin gehört und war gespannt darauf, es selbst zu erkunden.

Der Zug rauschte durch die deutsche Landschaft, und bald erreichte Lukas den Berliner Hauptbahnhof. Er folgte den gut ausgeschilderten „Anfahrt" -Wegweisern zum Technikmuseum. Der kurze Spaziergang war angenehm, und bald stand er vor dem imposanten Eingang des Museums.

Am Ticket-Schalter wartete eine kleine Schlange von Besuchern. Lukas gesellte sich dazu. „Ein Erwachsenenticket, bitte", sagte er zur Verkäuferin und reichte ihr einen Zwanzig-Euro-Schein. Sie tippte etwas in ihr Kassensystem und gab ihm das Ticket und „Wechselgeld" zurück. „Viel Spaß im Museum!", sagte sie mit einem Lächeln.

Als Lukas das Museum betrat, wurde er sofort von riesigen Lokomotiven und historischen Flugzeugen begrüßt. Die Dimensionen einiger Exponate waren beeindruckend. Er sah eine Gruppe, die sich für eine Führung versammelte und schloss sich ihnen an.

Der Museumsführer, ein älterer Herr mit einer tiefen, ruhigen Stimme, führte sie durch verschiedene Abteilungen. Lukas lauschte fasziniert den Geschichten über die Entwicklung von Technik und Innovationen.

Doch das Highlight des Tages war für ihn die Ausstellung über Raumfahrt. Er sah Modelle von Raketen, Raumfähren und sogar ein Modell der Internationalen Raumstation. Ein besonders interessantes Exponat war ein Flugsimulator. „Möchten Sie sich wie ein echter Astronaut fühlen?“, fragte der Führer. Lukas zögerte nicht und setzte sich hinein. Für einige Minuten fühlte er sich, als würde er durch das Weltall schweben.

Nach der aufregenden Erfahrung setzte sich Lukas ins Museumscafé, um sich mit einem Kaffee zu erholen. Dort traf er auf eine Gruppe von Studenten, die angeregt diskutierten.

„Entschuldigung, darf ich mich zu Ihnen setzen?“, fragte Lukas. Einige nickten zustimmend.

„Eigentlich sind wir hier, um an einem Technik-Wettbewerb teilzunehmen“, erklärte eine Studentin. „Wir suchen nach innovativen Lösungen für Umweltprobleme.“

Das klang spannend für Lukas. „Könnte ich mich Ihnen anschließen? Ich habe zwar keine technische Ausbildung, aber ich habe viele Ideen und würde gerne helfen!“

Die Gruppe war begeistert von Lukas' Begeisterung. Sie stellten sich als Ina, Mark und Clara vor. Gemeinsam arbeiteten sie an einem Projekt, das Solartechnologie nutzte, um sauberes Trinkwasser in entlegenen Gebieten bereitzustellen.

Die Stunden vergingen wie im Flug, und schließlich präsentierten sie ihre Idee beim Wettbewerb. Zu ihrer großen Freude gewannen sie den zweiten Preis!

Voller Energie und Inspiration kehrte Lukas nach München zurück. Er hatte nicht nur viel über Technik gelernt, sondern auch neue Freunde gefunden und an einem spannenden Projekt teilgenommen. Er war gespannt darauf, welche weiteren Abenteuer und Entdeckungen ihn auf seinen Reisen erwarten würden.

angeregt - animatedly, keenly

angenehm - pleasant

Bahnticket - train ticket

begeistert - enthusiastic

entlegenen - remote

erholen - recover, rest

Exponate - exhibits

Flugsimulator - flight simulator

gesellte sich dazu - joined (them/the line)

imposanten - imposing

innovativen Lösungen - innovative solutions

Museumsführer - museum guide

rauschte - rushed, raced

Reiselust - wanderlust, desire to travel

Ruamfähren - space shuttles

Solartechnologie - solar technology

Technik-Wettbewerb - technology competition

versammelte - gathered, assembled

Weltall - outer space

zweiten Preis - second prize

Ein Besuch im Biergarten

1. Ein unerwartetes Treffen im Biergarten

Es war ein warmer Sommernachmittag, als Stefan, ein junger Berliner, der München für ein paar Tage besuchte, einen traditionellen Biergarten betrat. Er hatte von den berühmten Biergärten in Bayern gehört und wollte unbedingt diese einzigartige Atmosphäre erleben. Nach einem langen Spaziergang durch die Stadt sehnte er sich nach einem kühlen Getränk und einem entspannten Moment.

Er schlenderte durch die Tische, bis er einen schattigen Platz unter einer großen Eiche fand. Die Holzbänke waren zum größten Teil belegt, aber er fand einen freien Platz, von wo aus er den ganzen Biergarten überblicken konnte. Stefan winkte einem Kellner zu und bestellte ein „Weißbier".

Während er auf sein Bier wartete und die Sonne auf seine Haut scheinen ließ, ließ er seinen Blick schweifen. Als sein Bier serviert wurde und er einen ersten, erfrischenden Schluck nahm, fielen seine Augen plötzlich auf eine vertraute Gestalt. Es war Julia! Sie waren zusammen auf der Universität in Berlin und hatten viele Jahre nicht mehr gesprochen.

„Oh, Julia!", rief Stefan überrascht und näherte sich ihrem Tisch.

Julia sah auf und ihre Augen weiteten sich vor Überraschung. „Stefan? Bist du das wirklich?", lachte sie und stand auf, um ihn zu umarmen.

„Ja, ich bin es! Es ist so lange her! Wie geht es dir?", sagte Stefan, immer noch ein wenig geschockt über das unerwartete Wiedersehen.

„Ich bin jetzt in München! Und du? Was bringt dich hierher?", fragte Julia, während sie wieder Platz nahmen.

„Ich mache eine kleine Deutschlandtour. München stand schon immer auf meiner Liste", erklärte Stefan.

Nach ein paar Minuten des Plauderns schlug Julia vor, eine „Brotzeit" zu bestellen. „Es gibt nichts Besseres als eine gute bayerische Brotzeit im Biergarten!", sagte sie mit einem Lächeln.

Sie bestellten Radi, Brezeln und Obazda und unterhielten sich weiter. Julia erzählte Stefan, dass sie nun in München wohnt und in einem Architekturbüro in der Nähe arbeitet.

„Das klingt toll! Und ich? Ich arbeite immer noch in diesem Marketingbüro in Berlin, aber ich spiele mit dem Gedanken, etwas Neues zu versuchen", sagte Stefan.

Die beiden plauderten stundenlang, tauschten Geschichten aus und erinnerten sich an ihre gemeinsame Zeit an der Uni. Die Sonne begann unterzugehen, als Julia vorschlug: „Warum kommst du nicht später mit uns aus? Ein paar Freunde von mir treffen sich hier im Biergarten. Es wird sicher Spaß machen!"

Stefan zögerte nicht. „Klar, warum nicht? Es wird großartig sein, ein paar Einheimische zu treffen und mehr über München zu erfahren."

Der Abend war gefüllt mit Lachen, Gesang und natürlich viel Bier. Stefan fühlte sich dank Julia und ihren Freunden sofort in München willkommen. Als die Glocke läutete, um den letzten Aufruf für Bestellungen zu signalisieren, beschlossen sie, sich am nächsten Tag wiederzutreffen und die Stadt gemeinsam zu erkunden.

„Wie wäre es mit einem Spaziergang durch den Englischen Garten?", schlug Julia vor.

„Das klingt großartig! Ich habe gehört, es ist wunderschön dort", antwortete Stefan.

Mit einem Versprechen, sich am nächsten Tag zu treffen, verabschiedeten sich die beiden. Stefan verließ den Biergarten mit einem Lächeln auf den Lippen, gespannt darauf, was der nächste Tag in München für ihn bereithalten würde. Werden alte Erinnerungen wieder aufleben? Nur die Zeit wird es zeigen.

Biergarten - beer garden

Brotzeit - traditional Bavarian snack (often includes cold cuts, cheese, and bread)

Einheimische - locals, native inhabitants

Englischen Garten - English Garden (a large public park in Munich)

erfrischenden Schluck - refreshing sip

Gestalt - figure, shape

Holzbänke - wooden benches

lachte - laughed

läutete - rang

Marketingbüro - marketing office

Obazda - Bavarian cheese delicacy

plauderten - chatted, talked

Radi - radish (often thinly sliced and seasoned)

schattigen Platz - shady spot

schlenderte - strolled, wandered

sehnte - longed for, yearned for

Sommernachmittag - summer afternoon

Spaziergang - walk, stroll

tauschten Geschichten aus - exchanged stories

überblicken - overlook, have a view over

umarmen - to hug, embrace

unerwartetes Treffen - unexpected meeting

Weißbier - wheat beer, white beer

weiteten - widened

2. Geschichten und Gelächter

Die Sonne schien warm auf den Biergarten hinab, als Stefan erneut seinen Weg durch die Tische bahnte. Er suchte nach Julia und fand sie schnell an einem großen Tisch, umgeben von lachenden Gesichtern. Als er sich näherte, winkte sie ihm zu.

„Stefan! Komm her und triff meine Kollegen!", rief sie ihm zu, und Stefan gesellte sich zu ihnen.

„Das ist Stefan, mein alter Freund aus Berlin", stellte Julia ihn vor. Ein junger Mann mit dunklen Haaren und einem freundlichen Lächeln streckte seine Hand aus. „Ich bin Tobias. Schön, dich zu treffen."

Stefan lächelte zurück. „Ebenso, Tobias."

Während sie Bier bestellten und die Sonne genossen, erzählte Tobias Geschichten über den Biergarten. „Weißt du, dieser Biergarten hat eine lange Geschichte. Es ist ein Ort, an dem Menschen seit Generationen zusammenkommen, um zu feiern, zu trinken und zu lachen."

Julia nickte. „Ja, es ist ein Ort des sozialen Austauschs. Ein Ort, an dem man neue Freunde findet und alte Freunde wiedertrifft, genau wie wir", sagte sie und zwinkerte Stefan zu.

Stefan war fasziniert von den Geschichten und der Kultur des Biergartens. Sie bestellten verschiedene Biersorten, und Tobias erklärte die Unterschiede. „Das Helles ist ein blasses, mildes Bier, das Dunkle ist stärker und hat einen tieferen Geschmack, und das Weißbier ist ein Weizenbier, das oft mit einer Zitronenscheibe serviert wird."

Während sie tranken und aßen, schlug Tobias ein Spiel vor, das „Maßkrugstemmen" genannt wird. „Es ist ein echter bayrischer Wettbewerb", erklärte er. „Man muss einen vollen Maßkrug so lange wie möglich mit ausgestrecktem Arm halten."

Stefan lachte. „Das klingt nach einer Herausforderung!"

Nach einigen Bieren und viel Lachen war es Zeit für das Spiel. Stefan trat gegen Tobias an, und obwohl er sein Bestes gab, konnte er nicht gewinnen. Aber es machte Spaß, und die Gruppe lachte und feuerte sie an.

Während der Abend fortschritt, erzählte Julia peinliche Geschichten aus ihrer gemeinsamen Schulzeit mit Stefan. „Erinnerst du dich an das Mal, als du während der Schulversammlung gestolpert und hingefallen bist?", lachte sie.

Stefan wurde rot. „Ja, ich erinnere mich. Aber erinnerst du dich an das Mal, als du im Chemieunterricht fast das Labor in die Luft gesprengt hast?"

Die Gruppe lachte und genoss die warme Sommernacht. Es war ein Abend voller Lachen, Geschichten und neuer Freundschaften. Als es Zeit wurde zu gehen, verabschiedeten sie sich herzlich von einander.

„Danke für den wundervollen Abend", sagte Stefan zu Julia. „Ich habe mich noch nie so willkommen gefühlt."

Julia lächelte. „Das ist München. Jeder ist willkommen, besonders in einem Biergarten."

Stefan nickte. „Ich bin froh, dass ich hierher gekommen bin."

Mit einem Lächeln auf den Lippen und einem Herz voller neuer Erinnerungen verließ Stefan den Biergarten, begleitet von Julia und ihren Freunden. Es war ein Abend, den er nie vergessen würde, und er war gespannt darauf, was die nächsten Tage in München für ihn bereithalten würden.

bahnte - made (from the context "seinen Weg durch die Tische bahnte", which means "made his way through the tables")

Kollegen - colleagues

Ebenso - likewise, same here

Generationen - generations

sozialen Austauschs - social exchange

zwinkerte - winked

fasziniert - fascinated

Biersorten - types of beer

Helles - a pale, mild beer

Dunkle - dark (in the context of beer, a dark beer)

Weißbier - wheat beer

Zitronenscheibe - lemon slice

Maßkrugstemmen - mug lifting (a Bavarian competition where participants hold a full beer mug at arm's length for as long as possible)

bayrischer - Bavarian

ausgestrecktem Arm - outstretched arm

Herausforderung - challenge

Schulversammlung - school assembly

gestolpert - tripped

Chemieunterricht - chemistry lesson

Labor - laboratory

in die Luft gesprengt - blown up

3. Ein Abschied im Biergarten

Die Tage waren wie im Flug vergangen, und Stefans Urlaub in München neigte sich unweigerlich dem Ende zu. Er hatte die Stadt lieben gelernt, vor allem durch die herzlichen Menschen, die er getroffen hatte. Um seinen Abschied zu feiern, hatte Julia eine kleine Überraschung geplant.

„Komm um 18 Uhr zum Biergarten", hatte sie ihm am Telefon gesagt. „Es ist ein besonderer Anlass, also sei pünktlich!"

Als Stefan den Biergarten betrat, war er überrascht und gerührt von dem, was er sah. Julia hatte einen großen Tisch in der Mitte des Gartens reserviert, und viele der neuen Freunde, die er in den letzten Tagen kennengelernt hatte, saßen bereits dort, lachten und tranken.

„Überraschung!", riefen sie alle, als er sich näherte.

„Julia, das hast du alles organisiert?", fragte Stefan, noch immer überwältigt von der herzlichen Geste.

Sie lächelte. „Nun, du hast uns in so kurzer Zeit so nahe gebracht. Das ist das Mindeste, was wir tun konnten."

Der Tisch war reichlich gedeckt mit traditionellen bayerischen Speisen: duftende Schweinshaxen, fluffige Knödel und saftiges Sauerkraut. Bierkrüge klirrten, als sie auf einen gelungenen Abend anstießen.

Nach dem Essen erhob sich Stefan und sprach zu der Gruppe: „Ich kann gar nicht in Worte fassen, wie dankbar ich bin. Diese Tage in München waren etwas ganz Besonderes, und das liegt vor allem an euch. Danke, dass ihr mich so herzlich aufgenommen habt."

Julia kam mit einem kleinen Päckchen auf ihn zu. „Bevor du gehst, haben wir noch ein kleines Souvenir für dich."

Stefan öffnete das Päckchen und fand einen kleinen Maßkrug darin. „Damit du dich immer an uns und an München erinnerst", sagte sie lächelnd.

Die Gruppe machte Fotos zusammen, lachte und erinnerte sich an die vergangenen Tage. Es war eine Nacht des Lachens, der Geschichten und der Dankbarkeit.

Als es Zeit wurde, den Biergarten zu verlassen, umarmte Stefan jeden einzelnen seiner neuen Freunde. Bei Julia verweilte er jedoch etwas länger.

„Danke für alles, Julia", flüsterte er.

Sie lächelte. „Der Biergarten und München werden immer hier sein, Stefan. Du musst nur zurückkommen."

„Das werde ich, versprochen", erwiderte er.

Mit einem Lächeln und einem Herzen voller Erinnerungen verließ Stefan den Biergarten. Die Lichter der Stadt glänzten in der Ferne, und er wusste, dass er bald zurückkehren würde. Das nächste Wiedersehen war nur eine Frage der Zeit.

Abschied - farewell, departure

anstoßen - to toast, clink glasses

besonderer Anlass - special occasion

duftende - fragrant

erhob sich - rose (stood up)

erwiderte - replied, retorted

flüsterte - whispered

fluffige - fluffy

gerührt - moved, touched

Knödel - dumplings

nahe gebracht - brought closer

neigte sich - was nearing

Päckchen - small package

reichlich gedeckt - richly set/covered

Sauerkraut - sauerkraut (fermented cabbage)

Schweinshaxen - pork knuckles

saftiges - juicy

überwältigt - overwhelmed

unweigerlich - inevitably

Überraschung - surprise

verweilte - lingered

Wiedersehen - reunion

Im Supermarkt

1. Der Einkaufsplan

Martina blickte auf die beeindruckenden Bauten, die sie in der neuen Stadt umgaben. Sie war gerade für ihr Studium von Österreich nach Deutschland gezogen und alles fühlte sich neu und aufregend an.

Ein großer Supermarkt zog ihre Aufmerksamkeit auf sich. „Das könnte der perfekte Ort sein, um meinen ersten Einkauf in Deutschland zu tätigen", dachte sie. Sie zückte ein kleines Notizbuch aus ihrer Tasche und begann, eine Einkaufsliste zu schreiben. „Milch, Brot, Eier, Müsli...," murmelte sie leise vor sich hin.

Mit ihrer Liste in der Hand betrat sie den Supermarkt. Sie war von der schieren Größe und Auswahl überwältigt. Die Gänge erstreckten sich weit, und die Auswahl schien endlos. „Wo finde ich nur das Müsli?", fragte sie sich. Sie beschloss, einen Mitarbeiter um Hilfe zu bitten.

„Entschuldigung, könnten Sie mir sagen, wo ich das Müsli finde?", fragte sie höflich.

„Natürlich! Gehen Sie einfach diesen Gang entlang und dann rechts. Es sollte in der Nähe der anderen Frühstücksprodukte sein", antwortete der freundliche Mitarbeiter.

Martina bedankte sich und folgte seinen Anweisungen. Auf dem Weg dorthin ging sie durch die Gemüseabteilung. Sie nutzte die Gelegenheit, um die Namen der verschiedenen Gemüsesorten auf den Schildern zu lesen und zu wiederholen: „Tomaten, Gurken, Zucchini..."

Nachdem sie alles von ihrer Liste eingekauft hatte, machte sie sich auf den Weg zur Kasse. Dort legte sie ihre Waren auf das Band und wurde von der Kassiererin mit einem freundlichen „Hallo!" begrüßt.

„Das macht insgesamt 23,50 €", sagte die Kassiererin.

Martina gab ihr einen Fünfzig-Euro-Schein. Während sie auf ihr Wechselgeld wartete, bemerkte sie den Kartenschlitz und sagte: „Oh, ich kann auch mit Karte zahlen, oder?"

„Ja, gerne", lächelte die Kassiererin.

Martina bezahlte mit ihrer EC-Karte und nahm ihre Einkäufe. „Danke und auf Wiedersehen!", rief sie, während sie den Supermarkt verließ.

Kaum hatte sie den Supermarkt verlassen, hörte sie jemanden ihren Namen rufen. Sie drehte sich um und sah einen vertrauten Mann auf sie zulaufen. Es war Peter, ein alter Schulfreund aus Österreich, der in Deutschland studierte.

„Martina! Was für eine Überraschung, dich hier zu sehen!", sagte Peter, sichtlich erfreut.

„Peter! Wie klein die Welt doch ist! Was machst du hier?", fragte Martina.

„Ich studiere hier. Und du?"

„Gleiches hier. Mein erstes Jahr", antwortete sie.

Die beiden plauderten eine Weile und tauschten Neuigkeiten aus. Schließlich schlug Martina vor: „Ich habe gerade eingekauft. Wie wäre es, wenn wir gemeinsam kochen? Als kleines Willkommensessen?"

Peter lächelte. „Das klingt wunderbar. Lass uns das tun!"

Beide machten sich auf den Weg zu Martinas neuer Wohnung, gespannt auf den Abend und das gemeinsame Kochen. Sie waren neugierig, welche kulinarischen Kreationen sie aus den Zutaten, die sie gerade gekauft hatte, zaubern würden.

Abend - evening

Anweisungen - instructions

aufregend - exciting

Band - conveyor belt (at the checkout)

beeindruckenden Bauten - impressive buildings

betreten - to enter

Einkaufsliste - shopping list

Einkaufsplan - shopping plan

erstreckten - extended

Gänge - aisles

Gemüseabteilung - vegetable section/department

Kassiererin - cashier (female)

Kartenschlitz - card slot

kulinarischen Kreationen - culinary creations

murmeln - to mumble

Notizbuch - notebook

plauderten - chatted

sammelte - gathered/collected

schieren Größe - sheer size

sichtlich erfreut - visibly pleased

verließ - left

Wechselgeld - change (as in money back)

Wiedersehen - reunion, seeing again

zücken - to pull out

zulaufen - to run towards

2. Kochen mit Freunden

Nachdem sie sich entschieden hatten, was sie kochen wollten, durchsuchten Martina und Peter die Einkaufstüten. Peter schlug vor, ein traditionelles deutsches Gericht zu kochen: „Wie wäre es mit Kartoffelsalat und Würstchen? Es ist einfach und so lecker!"

Martina nickte begeistert. „Das klingt perfekt! Ich habe tatsächlich noch nie selbst Kartoffelsalat gemacht."

Als sie ihre Einkäufe überprüften, stellten sie jedoch fest, dass sie einige Zutaten für den Kartoffelsalat vergessen hatten. „Oh nein, wir haben den Essig, das Öl und den Senf vergessen!", bemerkte Martina.

„Kein Problem", sagte Peter, „wir gehen einfach zurück in den Supermarkt und holen, was wir brauchen."

Im Supermarkt teilten sie sich die Aufgaben auf. Martina suchte nach Essig und Öl, während Peter sich um den Senf kümmerte. Auf ihrem Weg stolperte Martina über ein Sonderangebot für Wein. „Das könnte eine schöne Ergänzung zum Abendessen sein", dachte sie und legte eine Flasche in den Einkaufswagen.

Peter trat zu ihr und zeigte auf die Fleischtheke. „Wir sollten hier nach den besten Würstchen für unser Gericht fragen."

Martina stimmte zu, und sie gingen zur Fleischtheke. „Entschuldigung, welche Würstchen würden Sie für Kartoffelsalat empfehlen?", fragte Peter den Verkäufer.

Der Verkäufer lächelte und antwortete: „Für einen traditionellen deutschen Kartoffelsalat? Ich würde Ihnen unsere Bockwürstchen empfehlen. Sie sind perfekt dafür!"

Mit den Würstchen in ihrem Einkaufswagen machten sie sich auf den Weg zur Kasse. Während sie warteten, kamen sie ins Gespräch mit der Kassiererin. „Wir versuchen uns heute Abend am Kartoffelsalat", erklärte Martina.

Die Kassiererin lachte. „Das ist ein Klassiker! Sie wissen, in jeder Familie in Deutschland gibt es ein anderes Rezept für Kartoffelsalat. Jeder behauptet, sein Rezept sei das beste."

Peter grinste. „Wir werden unser Bestes geben! Haben Sie vielleicht einen besonderen Tipp für uns?"

„Na ja", sagte die Kassiererin nachdenklich, „meine Oma hat immer gesagt, dass ein guter Kartoffelsalat Zeit braucht. Lassen Sie ihn nach dem Mischen eine Weile stehen, damit die Aromen sich entfalten können."

Zurück in Martinas Wohnung begannen sie mit dem Kochen. Während sie die Kartoffeln kochten und den Salat zubereiteten, tauschten sie Kochtipps und Geschichten aus ihrer Kindheit aus. Es war eine schöne Gelegenheit, mehr über einander zu erfahren.

Als alles fertig war, deckten sie den Tisch und gossen den Wein ein. „Auf einen gelungenen Kochabend!", sagte Peter und stieß mit Martina an.

Während des Essens lobte Peter Martinas Kochkünste. „Du hast ein echtes Talent! Wir sollten öfter zusammen kochen."

Martina lächelte. „Das wäre schön. Es gibt noch so viele deutsche Gerichte, die ich ausprobieren möchte."

Nach dem Abendessen saßen sie noch lange zusammen und planten ihren nächsten Supermarkteinkauf. Es war der Beginn vieler gemeinsamer Kochabende und einer tiefen Freundschaft zwischen den beiden. Wer wusste schon, welche kulinarischen Abenteuer sie noch zusammen erleben würden?

Aromen - flavors/aromas

begeistert - excited

Bockwürstchen - bockwurst (type of German sausage)

deckten - set (as in setting the table)

Einkaufstüten - shopping bags

empfehlen - recommend

entfalten - unfold/develop

entschieden - decided

Fleischtheke - meat counter

gossen - poured

Kartoffelsalat - potato salad

Kochkünste - cooking skills

Kochtipps - cooking tips

nachdenklich - thoughtful

Oma - grandma

stolperte - stumbled (upon)

Sonderangebot - special offer

Verkäufer - seller/salesman

versuchen - to try

Würstchen - sausages

zubereiteten - prepared

3. Ein kulinarisches Abenteuer

Martina und Peter waren von ihrem erfolgreichen Kochabend so begeistert, dass sie eine Idee hatten: „Warum probieren wir nicht jede Woche ein neues deutsches Gericht aus?", schlug Martina vor.

Peter nickte begeistert. „Das klingt nach einem Plan. Es gibt so viele deutsche Spezialitäten, die ich noch nie probiert habe."

Jede Woche besuchten sie den lokalen Supermarkt und machten sich auf die Suche nach Zutaten für ihr nächstes kulinarisches Abenteuer. Sie entdeckten viele neue Lebensmittel und Gewürze und erweiterten ihr Wissen über die deutsche Küche. Martina, immer organisiert, erstellte sogar eine Einkaufs-App, in der sie alle Produkte in deutscher und österreichischer Bezeichnung verglich. „Das macht es so viel einfacher!", sagte sie.

Die Mitarbeiter im Supermarkt begannen, die beiden zu erkennen. „Da seid ihr ja wieder!", sagte Frau Müller, die

Kassiererin, immer mit einem Lächeln. „Was kocht ihr heute Abend?“

Einmal pro Woche organisierten Martina und Peter einen „Kochabend“ in ihrer Wohnung. Sie luden andere internationale Studierende ein, und es wurde eine Gelegenheit, Rezepte, Einkaufstipps und Geschichten aus ihren Heimatländern auszutauschen. Sie lernten, wie man die besten Angebote nutzt, und wie man mit einem Studentenbudget gesund und lecker kochen kann.

Eines Tages, als sie im Supermarkt waren, bemerkte Peter ein Plakat an der Wand. „Schau mal, Martina, ein Kochwettbewerb! Sollen wir mitmachen?“

Martina las die Details. „Der Preis ist ein Gutschein für ein Abendessen in einem 5-Sterne-Restaurant hier in München!“

„Oh, das wäre fantastisch!“, sagte Peter. „Lass uns mitmachen.“

Sie beschlossen, ihr Lieblingsgericht, einen traditionellen Kartoffelsalat mit Würstchen, für den Wettbewerb zuzubereiten. In den nächsten Tagen kochten und probierten sie mehrmals, um das Rezept zu perfektionieren.

Endlich kam der Tag des Wettbewerbs. In einer großen Halle waren viele Tische aufgestellt, an denen die Teilnehmer ihre Gerichte präsentierten. Es gab eine lebhafte Atmosphäre, Musik spielte und es duftete köstlich.

Martina und Peter waren nervös, als die Jury zu ihrem Tisch kam. Sie erklärten ihr Gericht und servierten es. Die Jury probierte und nickte anerkennend.

Nach langem Warten wurde die Entscheidung bekannt gegeben. „Und der Gewinner des diesjährigen Kochwettbewerbs ist... Martina und Peter!“, rief der Moderator.

Die beiden jubelten und umarmten sich. Sie konnten ihr Glück kaum fassen.

„Das war eine unglaubliche Erfahrung“, sagte Martina später. „Ich hätte nie gedacht, dass wir gewinnen würden!“

Peter lachte. „Wir sind ein gutes Team. Und das ist erst der Anfang. Wer weiß, welche kulinarischen Abenteuer noch vor uns liegen?"

Die beiden wussten, dass dies nur der Anfang ihrer kulinarischen Reise war. Mit ihrer Liebe zum Kochen und ihrer Neugier auf neue Geschmacksrichtungen waren sie bereit, die kulinarischen Geheimnisse Deutschlands und darüber hinaus zu entdecken.

5-Sterne-Restaurant - 5-star restaurant

anerkennend - approvingly

Bezeichnung - designation/label

duftete - smelled

erweiterten - expanded

Gewürze - spices

Jury - jury

Kassiererin - cashier (female)

Kochwettbewerb - cooking competition

kulinarisches Abenteuer - culinary adventure

Lebensmittel - groceries/foodstuffs

lively Atmosphäre - lively atmosphere

Mitarbeiter - employees/staff

moderator - host/presenter

Neugier - curiosity

Plakat - poster

präsentierten - presented

probieren - to try (as in tasting)

Rezepte - recipes

Spezialitäten - specialties

Studentenbudget - student budget

Teilnehmer - participants

umarmten - hugged/embraced

unglaubliche - incredible

zuzubereiten - to prepare

Ankunft im Hotel

1. Ein neues Abenteuer beginnt

Julia und Tobias standen auf dem belebten Bahnsteig des Dresdner Hauptbahnhofs. Sie schauten sich um und bewunderten die Architektur des Gebäudes. „Dresden sieht so anders aus als Hamburg, nicht wahr?", bemerkte Julia.

Tobias nickte. „Ja, es hat ein ganz anderes Flair. Aber jetzt sollten wir uns ein Taxi suchen, um ins Hotel zu kommen."

Während sie zum Taxistand gingen, hob Tobias seine Hand, um ein freies Taxi heranzuwinken. Ein Taxi hielt an, und sie stiegen ein.

„Zum Hotel Sonnenschein, bitte", sagte Julia zum Taxifahrer.

„Klar, das macht dann etwa 15 Euro. Fahrpreis ist hier in Dresden ein bisschen günstiger als in anderen Städten", erklärte der Fahrer.

„Wirklich? Das Wort 'Fahrpreis' habe ich noch nie gehört", gab Tobias zu.

Der Taxifahrer lachte. „Das ist der Betrag, den Sie für die Fahrt zahlen."

Während der Fahrt fragte Julia neugierig: „Gibt es Sehenswürdigkeiten in Dresden, die Sie uns empfehlen würden?"

„Natürlich! Die Frauenkirche, den Zwinger und die Semperoper sollten Sie sich nicht entgehen lassen. Und wenn Sie Zeit haben, schlendern Sie doch am Elbufer entlang", empfahl der Taxifahrer.

Nach einer kurzen Fahrt erreichten sie das Hotel Sonnenschein. Die imposante Fassade des Hotels beeindruckte sie sofort. Als sie das Hotel betraten, wurden sie von der warmen Atmosphäre und dem freundlichen Lächeln der Rezeptionistin begrüßt.

„Guten Abend! Wie kann ich Ihnen helfen?", fragte sie.

„Wir haben ein Zimmer reserviert. Unter dem Namen Müller", antwortete Julia.

„Ja, ich sehe Ihre Reservierung. Zimmer 204. Das Frühstück wird von 7 bis 10 Uhr serviert. Ist das in Ihrem Zimmerpreis inbegriffen?“, fragte Julia.

Die Rezeptionistin nickte. „Ja, das Frühstück ist inklusive. Und die Frühstückszeiten sind von 7 bis 10 Uhr im Erdgeschoss.“

Ein Portier näherte sich ihnen und bot an, ihr Gepäck zu nehmen. „Ich zeige Ihnen Ihr Zimmer“, sagte er und führte sie zu einem Aufzug.

Im Zimmer suchten Julia und Tobias sofort nach dem WLAN-Passwort. „Hier ist es“, rief Julia und zeigte auf eine Karte auf dem Schreibtisch.

Nachdem sie sich etwas frisch gemacht hatten, beschlossen sie, das hoteleigene Restaurant zu besuchen. An der Rezeption fragten sie, wie sie einen Tisch reservieren könnten.

„Sie können einfach hinuntergehen und sich einen Tisch aussuchen. Wenn es voll ist, können wir eine Reservierung für Sie vornehmen“, erklärte die Rezeptionistin.

Das Restaurant war gemütlich und nicht zu voll. Sie genossen ein köstliches Abendessen und entschieden sich danach, in der Hotelbar etwas zu trinken.

Tobias studierte die Getränkekarte und fragte Julia: „Was möchtest du trinken?“

„Ich denke, ich probiere den Wein, den sie als ‘Empfehlung des Tages’ haben“, sagte Julia.

Sie verbrachten einige Zeit in der Bar, plauderten und planten ihren nächsten Tag in Dresden. Müde von der Reise und dem Tag gingen sie schließlich zurück zu ihrem Zimmer und freuten sich auf einen erholsamen Schlaf, gespannt auf all die Abenteuer, die der nächste Tag bringen würde.

Architektur - architecture

Aufzug - elevator

Bahnsteig - platform (at a train station)

beeindruckte - impressed

betraten - entered

Elbufer - bank of the Elbe (river)

empfehlen - to recommend

Erdgeschoss - ground floor

Fassade - facade

Flair - flair, atmosphere

Frühstückszeiten - breakfast times

Getränkekarte - drink menu

Gepäck - luggage

heranzuwinken - to signal/wave over

hoteleigene - belonging to the hotel

imposante - imposing, impressive

inklusive - inclusive

Portier - porter, bellman

Rezeptionistin - receptionist (female)

Semperoper - Semper Opera House (famous opera house in Dresden)

schlendern - to stroll

Sehenswürdigkeiten - sights, attractions

Taxistand - taxi stand

verbrachten - spent (time)

WLAN-Passwort - WLAN password

Zimmerpreis - room price

Zwinger - Zwinger (a palace in Dresden)

2. Entdecken Sie die Stadt

Die Sonne strahlte durch das Fenster des Hotelzimmers, als Julia aufwachte. Neben ihr gähnte Tobias und streckte sich. „Guten Morgen!", sagte sie lächelnd.

„Guten Morgen", antwortete Tobias. „Hast du gut geschlafen?"

„Ja, sehr gut. Und ich habe einen Bärenhunger!", sagte Julia.

Sie machten sich für den Tag fertig und gingen zum Frühstücksraum. Das Buffet war reichhaltig, mit einer Auswahl an Brötchen, Käse, Wurst, Müsli und vielem mehr. Während sie aßen, überlegten sie, wie sie den Tag verbringen würden.

„Wir sollten an der Rezeption nach einem Stadtplan fragen", schlug Tobias vor.

Nach dem Frühstück gingen sie zur Rezeption und die freundliche Mitarbeiterin reichte ihnen einen Plan. „Haben Sie Empfehlungen für uns?", fragte Julia.

„Natürlich! Das Grüne Gewölbe ist ein Muss. Und wenn Sie Zeit haben, sollten Sie auch die Semperoper besuchen", antwortete die Rezeptionistin.

Mit Plan in der Hand machten sie sich auf den Weg. Die Straßen von Dresden waren lebendig und voller Energie. Nach einiger Zeit kamen sie an einem gemütlichen Café vorbei.

„Lass uns hier eine Pause machen", schlug Julia vor.

Im Café bestellte Tobias einen „Latte Macchiato" und Julia einen „Cappuccino". Sie saßen draußen und beobachteten das geschäftige Treiben der Stadt.

Nach ihrer Kaffeepause machten sie sich auf den Weg zum Grünen Gewölbe. Die Ausstellung beeindruckte sie mit ihren wertvollen Kunstwerken und Schätzen.

Als sie das Museum verließen, entschieden sie sich, Postkarten für ihre Familie und Freunde zu kaufen. In einem nahegelegenen Souvenirladen wählten sie einige Karten aus. „Wissen Sie, wo der nächste Briefkasten ist?", fragte Tobias die Verkäuferin.

„Ja, gleich um die Ecke. Sie können ihn nicht verfehlen", antwortete sie.

Mit den Postkarten in der Tasche suchten sie nach einem Restaurant für das Mittagessen. Sie fanden ein traditionelles sächsisches Restaurant und setzten sich hinein. „Ich werde den Sächsischen Sauerbraten probieren", sagte Julia.

„Gute Wahl", sagte Tobias und bestellte dasselbe.

Das Essen war köstlich und sie genossen jeden Bissen. Nach dem Essen machten sie sich auf den Weg zurück zum Hotel, um den Wellnessbereich zu nutzen. Die Sauna war genau das Richtige nach einem langen Tag zu Fuß.

Am Abend gingen sie ins Hotelrestaurant, um zu Abend zu essen. Dort trafen sie ein älteres Paar aus München. Sie stellten sich als Helmut und Gertrude vor.

„Wir kommen jedes Jahr nach Dresden. Es ist so eine schöne Stadt", erzählte Gertrude.

„Ja, wir genießen es auch sehr", sagte Julia. Sie unterhielten sich den ganzen Abend und tauschten Geschichten und Tipps für den nächsten Tag aus.

Schließlich war es Zeit, ins Bett zu gehen. Erschöpft von ihrem aufregenden Tag fielen Julia und Tobias ins Bett. Sie waren gespannt, welche Abenteuer der nächste Tag bringen würde.

aufwachte - woke up

Bärenhunger - literally "bear hunger", meaning to be very hungry

beobachteten - observed/watched

Briefkasten - mailbox

erschöpft - exhausted

Frühstücksraum - breakfast room

geschäftige Treiben - bustling activity

Grüne Gewölbe - Green Vault (a historic museum in Dresden)

Mitarbeiterin - female employee

nahegelegenen - nearby

Pause - break

reichhaltig - rich, abundant

Sächsischer Sauerbraten - Saxon pot roast (a traditional dish)

Souvenirladen - souvenir shop

streckte sich - stretched

tauschten - exchanged

Treiben - hustle and bustle

Verkäuferin - saleswoman

Wellnessbereich - spa/wellness area

3. Der Abschied

Der Morgen in Dresden begrüßte Julia und Tobias mit einem sanften Sonnenschein, der durch die Vorhänge ihres Hotelzimmers fiel. Sie fühlten sich wehmütig, da sie wussten, dass dies ihr letzter Tag in dieser wunderschönen Stadt war. Nach einem gemütlichen Frühstück im Hotel machten sie sich daran, ihre Koffer zu packen.

„Die Zeit verging so schnell", bemerkte Julia, während sie ihre Sachen ordnete.

Tobias nickte zustimmend. „Es fühlt sich an, als wären wir erst gestern angekommen."

Nachdem sie alles gepackt hatten, machten sie sich auf den Weg zur Rezeption, um auszuchecken. „Wann müssen wir auschecken?", fragte Tobias.

„Checkout-Zeit ist um 11 Uhr", antwortete die Rezeptionistin freundlich. Nachdem sie ihre Rechnung beglichen hatten, sah Julia das Gästebuch des Hotels auf dem Tresen. „Lass uns einen Eintrag hinterlassen", schlug sie vor. Sie schrieben ein paar Zeilen über ihren angenehmen Aufenthalt und die Freundlichkeit des Personals.

Ehe sie das Hotel verließen, fiel ihnen ein Flyer über das „Panometer Dresden" in die Hände. „Das klingt interessant", meinte Tobias, „Lass uns das besuchen, bevor wir zurückfahren."

Die beeindruckende 360-Grad-Ausstellung im Panometer war faszinierend. Es war, als würden sie in eine andere Welt eintauchen, umgeben von der Geschichte und Kultur Dresdens.

Der Rundgang machte ihnen Hunger, und so machten sie sich auf die Suche nach einem Restaurant in der Nähe. In einem gemütlichen Lokal ließen sie sich nieder und bestellten ihre Mahlzeit. Während sie aßen, sprachen sie über ihre Erlebnisse und was sie in den letzten Tagen gelernt hatten.

„Es ist erstaunlich, wie viel man in so kurzer Zeit sehen und lernen kann", reflektierte Julia.

Auf dem Weg zum Bahnhof kamen sie an einer Bäckerei vorbei und entschieden sich, den berühmten Dresdner Stollen als Souvenir mitzunehmen. Es wäre eine süße Erinnerung an ihre Reise.

Im Zug zurück nach Hamburg ließen sie ihre Reise Revue passieren. „Ich bin so dankbar für all die schönen Erinnerungen und die tollen Menschen, die wir getroffen haben", sagte Tobias.

Julia stimmte zu. „Es war wirklich eine besondere Reise. Ich frage mich, wo unsere nächste Reise in Deutschland hinführen wird."

Zuhause angekommen, platzierten sie ihren Stollen auf dem Esstisch und waren sich einig, dass sie Dresden immer in guter Erinnerung behalten würden. Sie waren neugierig und gespannt darauf, welches deutsche Reiseziel als nächstes auf ihrer Liste stehen würde.

Abschied - farewell, goodbye

auschecken - to check out (from a hotel)

auszuchecken - checking out (from a hotel)

Checkout-Zeit - checkout time

eintauchen - to immerse, dive in

erstaunlich - amazing, astonishing

Flyer - flyer, leaflet

Gästebuch - guestbook

hinführen - to lead to

Panometer - a specific panorama museum (in this context, "Panometer Dresden" refers to an exhibition in Dresden)

Rechnung - bill

Revue passieren - to review, to recap (literally "to let pass in review")

Rundgang - tour, walk around

sich niederlassen - to settle down, to sit down (in this context)

Stollen - a type of German fruitcake, especially famous from Dresden

Tresen - counter, bar (in a hotel or restaurant)

Vorhänge - curtains

wehmütig - wistful, melancholic

Im Kino

1. Die Einladung

Peter saß an seinem Schreibtisch und tippte an seinem Laptop, als sein Handy vibrierte. Eine neue Nachricht leuchtete auf dem Bildschirm auf. Er war überrascht, als er sah, dass die Nachricht von Anna kam, einer alten Freundin, die er seit Jahren nicht mehr gesehen hatte.

Anna schrieb: „Hallo Peter, lange nicht gesehen! Wie geht's? Hast du Lust, morgen ins Kino zu gehen?"

Peter war überrascht. Es war schon eine Ewigkeit her, seit er das letzte Mal von Anna gehört hatte. Trotzdem fühlte es sich an, als wäre es gestern gewesen. Er lächelte und tippte schnell eine Antwort.

„Hallo Anna, das klingt super! Gerne! Um wie viel Uhr und wo sollen wir uns treffen?"

Anna antwortete fast sofort: „Wie wäre es, wenn wir uns morgen um 19:30 Uhr vor dem Kino 'Lichtspiele' treffen? Es läuft ein neuer Film, den ich gerne sehen würde."

Während Peter überlegte, welchen Film Anna wohl meinte, klickte er im Internet auf die Webseite des Kinos „Lichtspiele" und durchsuchte das aktuelle Filmprogramm. Ein Film stach ihm ins Auge: „Das geheime Leben der Wörter". Er hatte bereits einige Kritiken darüber gelesen, und der Film schien wirklich interessant zu sein.

Er war dabei, Anna zu schreiben und ihr den Film vorzuschlagen, als eine weitere Nachricht von ihr eintraf.

„Ich habe schon Karten für 'Das geheime Leben der Wörter' gekauft. Ich hoffe, das ist okay!"

Peter lächelte und schrieb zurück: „Perfekt! Ich habe auch darüber nachgedacht. Ich freue mich darauf!"

Nachdem sie noch ein paar Nachrichten hin und her geschickt hatten, legte Peter sein Handy beiseite. Er war aufgeregt über den bevorstehenden Kinobesuch, aber auch ein wenig nervös. Warum hatte sich Anna nach so langer Zeit gemeldet? Was war der Grund für diese plötzliche Einladung?

Er versuchte, sich nicht zu viele Gedanken darüber zu machen und sich auf den Film zu konzentrieren. Er ging in die Küche, machte sich eine Tasse Tee und setzte sich mit seinem Laptop auf das Sofa, um mehr über den Film herauszufinden.

Der Film handelte von Geheimnissen und verborgenen Geschichten, die Menschen in sich tragen, und wie diese Geheimnisse ihr Leben beeinflussen. Peter war fasziniert von der Handlung und den Schauspielern und freute sich noch mehr darauf, den Film mit Anna zu sehen.

Nachdem er noch ein wenig im Internet gesurft hatte, beschloss Peter, früh ins Bett zu gehen. Er wollte ausgeruht sein und den Film in vollen Zügen genießen. Während er sich für die Nacht fertig machte, dachte er immer wieder an Anna. Was war in den Jahren passiert, seit sie das letzte Mal gesprochen hatten? Warum hatte sie sich jetzt gemeldet?

Als er sich schließlich ins Bett legte und das Licht löschte, waren seine letzten Gedanken Anna und der bevorstehende Kinobesuch. Er hoffte, dass der Abend genauso schön werden würde, wie er es sich vorstellte.

aufgeregt - excited

beeinflussen - to influence, affect

bevorstehend - upcoming

durchsuchte - searched through

Ewigkeit - eternity, a very long time

Filmprogramm - movie schedule

geheime - secret

Handlung - plot, storyline

Kritiken - reviews, critiques

Lichtspiele - "light plays", a poetic name for a cinema (Note: in German, older cinemas often have names like "Lichtspiele" or "Filmtheater")

löschte - turned off, extinguished (in this context, referring to a light)

nachgedacht - thought about, pondered

nervös - nervous

plötzliche - sudden

Schreibtisch - desk

Schauspielern - actors

überrascht - surprised

verborgenen - hidden, concealed

voll Zügen genießen - to enjoy to the fullest

Webseite - website

2. Der Kinobesuch

Die Lichter des Kinos „Lichtspiele" blinkten und leuchteten in der Dämmerung des frühen Abends. Peter stand nervös davor und wartete auf Anna. Er hatte sich etwas früher als geplant auf den Weg gemacht, um sicherzugehen, dass er nicht zu spät kam.

Da kam sie. Anna sah genauso aus wie in seinen Erinnerungen, vielleicht ein bisschen älter, aber immer noch mit dem gleichen lebhaften Glanz in ihren Augen. Als sie Peter sah, breitete sich ein breites Lächeln auf ihrem Gesicht aus.

„Peter!", rief sie und eilte auf ihn zu.

Sie umarmten sich herzlich, und Peter konnte den vertrauten Duft ihres Parfums riechen. „Du siehst toll aus!", sagte Anna, während sie ihn von oben bis unten musterte.

Peter wurde ein bisschen rot und lachte. „Danke, du siehst auch toll aus. Es ist wirklich schön, dich wiederzusehen."

Die beiden gingen ins Kino und zeigten ihre Tickets am Eingang. Im Inneren des Kinos war es dunkel und kühl, und die Wände waren mit Filmpostern geschmückt. „Komm, lass uns etwas zu essen und zu trinken holen, bevor der Film anfängt", schlug Anna vor.

Sie gingen zum Snack-Stand und kauften Popcorn, Nachos und zwei große Getränke. Peter konnte den verführerischen Duft von frischem Popcorn nicht widerstehen und nahm eine Handvoll.

Nachdem sie ihre Snacks und Getränke hatten, machten sie sich auf den Weg zu ihren Plätzen. Das Kino war fast voll, aber sie fanden schnell ihre reservierten Sitze.

Die Lichter dimmten sich, und der Film begann. Beide waren von Beginn an in die Geschichte vertieft. Der Film war fesselnd, und es gab viele emotionale Höhepunkte. In einer besonders bewegenden Szene, in der die Hauptfiguren sich endlich ihre Liebe gestanden, spürte Peter, wie Anna seine Hand nahm. Er war überrascht, aber es fühlte sich warm und richtig an.

Als der Film zu Ende ging und die Lichter wieder angingen, sahen sich Peter und Anna an. „Das war ein wirklich guter Film", sagte Peter.

Anna nickte. „Ja, ich bin froh, dass wir ihn gesehen haben. Ich fand die Handlung und die Schauspieler wirklich beeindruckend."

Die beiden verließen das Kino und schlenderten durch die Straßen. „Hast du Hunger?", fragte Peter. „Es gibt ein tolles Restaurant gleich um die Ecke."

Anna lächelte. „Das klingt gut. Lass uns dorthin gehen."

Im Restaurant setzten sie sich an einen gemütlichen Tisch am Fenster. Sie bestellten Essen und Getränke und begannen zu plaudern. Sie sprachen über den Film, aber auch über alte Zeiten, Erinnerungen und gemeinsame Erlebnisse. Es war erstaunlich, wie viel sie immer noch gemeinsam hatten, obwohl so viele Jahre vergangen waren.

Als sie mit dem Essen fertig waren und das Restaurant verließen, war der Himmel dunkel, und die Straßenlaternen leuchteten hell. Peter zögerte einen Moment, dann fragte er: „Möchtest du morgen noch etwas zusammen machen? Vielleicht könnten wir ins Museum gehen oder einfach durch die Stadt schlendern."

Anna lächelte und nickte. „Das klingt wunderbar. Ich würde gerne mehr Zeit mit dir verbringen."

Peter lächelte zurück. „Ich auch."

Während sie die Straße entlang gingen, Hand in Hand, fühlte sich alles so vertraut und doch so neu an. Es war, als ob die Zeit stehen geblieben wäre, und sie waren wieder die jungen Leute von früher, voller Träume und Hoffnungen. Es war ein wunderbarer Abend, und beide freuten sich auf den nächsten Tag.

blinkten - blinked, flashed

Dämmerung - dusk, twilight

duften - to smell, give off a scent

eilte - hurried, rushed

fesselnd - captivating

Glanz - sparkle, shine

herzlich - heartfelt, cordial (in this context, it refers to a warm hug)

Höhepunkte - highlights, climaxes

lachte - laughed

musterte - sized up, looked over

Parfums - perfumes

Plätze - seats (in the cinema context)

reservierten - reserved

schlenderten - strolled, ambled

Snack-Stand - snack stand, concession stand

spürte - felt, sensed

vertieft - engrossed, immersed

widerstehen - resist, withstand

zögerte - hesitated

3. Ein neuer Anfang

Die Sterne funkelten am Himmel, als Peter Anna zu ihrer Wohnung brachte. Vor der Haustür standen sie einen Moment still und sahen sich in die Augen. Anna brach das Schweigen: „Es war wirklich ein schöner Abend, Peter. Danke."

Peter lächelte. „Mir hat es auch gefallen. Möchtest du morgen etwas unternehmen? Vielleicht ein Spaziergang im Park?"

Anna überlegte kurz und sagte dann: „Ja, das wäre schön. Der Park klingt perfekt."

Sie verabschiedeten sich mit einer herzlichen Umarmung und Peter ging mit einem Lächeln auf dem Gesicht nach Hause. In seiner Wohnung ließ er den Abend Revue passieren und war glücklich über die Wendung der Dinge. Anna war wieder in seinem Leben, und es fühlte sich an, als ob sie nie weg gewesen wäre.

Am nächsten Morgen war der Himmel klar und die Sonne schien hell. Peter traf Anna am Eingang des Parks. Sie trug ein leichtes Sommerkleid und sah strahlend aus. „Guten Morgen!", rief sie fröhlich, als sie ihn sah.

„Guten Morgen, Anna", erwiderte Peter und sie gingen Hand in Hand in den Park.

Sie schlenderten die Wege entlang, vorbei an blühenden Blumen und spielenden Kindern. Die Vögel zwitscherten und es war eine friedliche Atmosphäre. Sie sprachen über ihre Träume, Hoffnungen und Zukunftspläne. Es war erstaunlich, wie ähnlich ihre Visionen für die Zukunft waren.

Nach einer Weile sagte Peter zögerlich: „Anna, es gibt etwas, das ich dir schon immer sagen wollte. Ich ... ich habe dich immer gemocht. Mehr als nur eine Freundin.“

Anna blieb stehen und sah ihn überrascht an. Dann lächelte sie und sagte: „Weißt du, ich habe auch immer Gefühle für dich gehabt. Ich wusste nur nicht, wie ich es dir sagen sollte.“

Peter lächelte erleichtert. „Ich bin froh, dass ich es endlich gesagt habe. Ich möchte, dass wir uns eine Chance geben.“

Anna nickte. „Ich auch. Ich denke, wir könnten gut zusammen sein.“

Sie setzten ihren Spaziergang fort, diesmal mit einem neuen Gefühl der Nähe und Intimität. Sie lachten, scherzten und sprachen über alles Mögliche. Es war, als ob sie sich gerade erst kennengelernt hätten, obwohl sie schon seit Jahren Freunde waren.

Die Zeit verging wie im Flug, und bald war es Zeit für das Mittagessen. Sie gingen zu einem kleinen Café am Rande des Parks und bestellten Sandwiches und Kaffee. Sie sprachen weiter, und es wurde klar, dass sie beide bereit waren, dieser neuen Beziehung eine Chance zu geben.

Nach dem Mittagessen spazierten sie weiter durch den Park, genossen die Natur und die Gesellschaft des anderen. Als die Sonne langsam unterging, fanden sie eine ruhige Parkbank und setzten sich hin.

„Es war ein wundervoller Tag“, sagte Anna leise.

„Ja, das war es“, stimmte Peter zu. „Und ich hoffe, dass es der Beginn von vielen weiteren wundervollen Tagen ist.“

Anna lächelte und legte ihren Kopf auf Peters Schulter. „Ich auch.“

Die beiden saßen da, Hand in Hand, und sahen zu, wie die Sonne hinter den Bäumen verschwand. Es war der Beginn einer neuen Geschichte für sie beide, und sie waren bereit, sie zusammen zu schreiben. Es war klar, dass trotz der Jahre, die vergangen waren, ihre Gefühle füreinander immer noch stark waren. Und während sie dort saßen, wussten sie beide, dass dies nur der Anfang einer wundervollen neuen Reise war.

blühenden - blooming

erwiderte - replied, responded

friedliche - peaceful

funkelten - sparkled, twinkled

gemocht - liked (past participle of mögen)

leichtes Sommerkleid - light summer dress

Nähe - closeness, proximity

Revue passieren - to review, to reminisce (literally: to let something pass in review)

ruhige Parkbank - quiet park bench

strahlend - radiant, beaming

unternehmen - to do something, undertake

Visionen - visions

weg gewesen - been away (in this context)

Wendung - turn, twist (in this context, it refers to a turn of events)

zwitscherten - chirped (referring to birds)

Wir besuchen Berlin

1. Der Plan

In einem gemütlichen Café in München sitzen Julia und Tim nebeneinander und blättern durch einen Stapel Reiseprospekte. Julia, mit ihren leuchtend grünen Augen und einer Tasse Cappuccino in der Hand, schlägt plötzlich vor: „Wie wäre es, wenn wir ein Wochenende in Berlin verbringen? Ich war noch nie dort und habe so viel darüber gehört."

Tim, der gerade einen Schluck seines Tees nimmt, antwortet mit einem Lächeln: „Das klingt nach einer tollen Idee! Ich habe gehört, dass Berlin viele Sehenswürdigkeiten und Geschichte hat. Und ich habe schon ewig keine Städtereise mehr gemacht."

Julia nimmt ihr Smartphone heraus und beginnt, nach Zugverbindungen zu suchen. „Es gibt einen frühen Zug nach Berlin. Wenn wir den nehmen, haben wir den ganzen Tag Zeit, um die Stadt zu erkunden."

Tim nickt zustimmend. „Perfekt! Und wir sollten ein Hotel in der Nähe des Brandenburger Tors buchen. Das ist zentral und wir können viele Orte zu Fuß erreichen."

Während Julia die Zugtickets bucht, beginnt Tim, nach Hotels zu suchen. „Hier ist eins! Es hat gute Bewertungen und liegt direkt im Zentrum. Ich buche uns dort ein Zimmer."

Julia sieht aufgeregt aus. „Weißt du, was ich unbedingt machen möchte? Eine Stadtrundfahrt! Ich möchte alle berühmten Orte sehen: Das Brandenburger Tor, den Fernsehturm, den Potsdamer Platz..."

Tim unterbricht sie mit einem Grinsen. „Und wie wäre es mit einer Tour im Doppeldeckerbus? Ich habe gehört, dass diese Busse in Berlin sehr beliebt sind."

Julias Augen leuchten vor Begeisterung. „Das klingt fantastisch! Lass uns das sofort buchen."

Nach einigen Minuten der Recherche finden sie eine Tour, die alle wichtigen Sehenswürdigkeiten abdeckt. Julia packt bereits ihre

Kamera und ihr Tagebuch ein. „Ich werde jeden Moment festhalten! Berlin wird bestimmt fotogen sein."

Tim holt einen Reiseführer über Berlin aus seinem Rucksack. „Und ich werde uns mit interessanten Fakten über die Geschichte Berlins versorgen. Ich habe diesen Reiseführer letztes Jahr gekauft, als ich dachte, ich würde Berlin besuchen, aber es hat nie geklappt."

Beide lächeln sich an, ihre Aufregung ist spürbar. „Dies wird ein unvergessliches Wochenende," sagt Julia.

Tim stimmt zu. „Ja, ein Abenteuer in der Hauptstadt! Berlin, wir kommen!"

Mit diesem Gefühl der Vorfreude verlassen sie das Café, bereit für ihr nächstes großes Abenteuer.

aufgeregt - excited

blättern - to leaf through, to flip

Brandenburger Tor - Brandenburg Gate

Doppeldeckerbus - double-decker bus

erkunden - to explore

Fernsehturm - TV tower

fotogen - photogenic

gemütlichen - cozy, comfortable

Potsdamer Platz - Potsdamer Square (a significant public square in Berlin)

Reiseprospekte - travel brochures

Reiseführer - travel guide(book)

schlägt vor - suggests

Sehenswürdigkeiten - sights, attractions

Stadtrundfahrt - city tour

Städtereise - city trip

unvergessliches - unforgettable

Vorfreude - anticipation, looking forward to something

Zugverbindungen - train connections

2. Ankunft in Berlin

Der Sonnenaufgang begleitete den Zug, als er pünktlich in den Berliner Hauptbahnhof einfuhr. Julia und Tim sahen aus dem Fenster und staunten über die beeindruckende Architektur des Bahnhofs. „Wow, schau dir das an! Das ist riesig," sagte Julia, während sie ihre Kamera aus ihrer Tasche zog, um ein paar Bilder zu machen.

Tim, der bereits mit seinem Rucksack bereit stand, antwortete: „Ja, und so modern. München hat auch einen großen Bahnhof, aber dieser hier ist wirklich beeindruckend."

Nachdem sie den Bahnhof verlassen hatten, folgten sie der Wegbeschreibung zu ihrem Hotel. Während sie durch das Regierungsviertel liefen, konnten sie das majestätische Reichstagsgebäude in der Ferne sehen. „Da müssen wir später noch hin," sagte Julia, während sie ein Foto davon machte.

Nachdem der Zug in Berlin angekommen war, fühlten sich Julia und Tim bereits wie echte Entdecker. Das Abenteuer begann jedoch erst richtig, als sie ihr Hotel erreichten. Es war ein gemütliches Boutique-Hotel in einem historischen Gebäude, das modern renoviert worden war.

„Wir haben eine Reservierung auf den Namen Müller," sagte Tim, während er sich an der Rezeption anmeldete.

Der Rezeptionist, ein junger Mann mit einem freundlichen Lächeln und einer Brille, überprüfte seine Liste. „Ah, ja, Herr Müller und Frau Schneider. Willkommen in Berlin! Sie haben ein Doppelzimmer mit Blick auf den Innenhof gebucht. Hier sind Ihre Schlüsselkarten."

„Vielen Dank," erwiderte Julia und schaute sich neugierig in der Lobby um. „Können Sie uns vielleicht sagen, wo die nächste Bushaltestelle für die Stadtrundfahrt ist?"

„Aber natürlich!", sagte der Rezeptionist begeistert. „Wenn Sie das Hotel verlassen, gehen Sie links die Straße entlang. Nach etwa fünf Minuten sehen Sie die Bushaltestelle auf der rechten Seite. Es ist ziemlich einfach zu finden. Viele unserer Gäste nutzen diesen Service."

„Wunderbar, danke für den Tipp!" sagte Tim.

„Kein Problem. Genießen Sie Ihren Aufenthalt in Berlin," fügte der Rezeptionist hinzu.

Nachdem sie ihre Taschen in ihrem Zimmer abgelegt hatten, waren beide bereit für ihr Berliner Abenteuer. Sie folgten den Anweisungen des Rezeptionisten und kamen bald zur Bushaltestelle der Stadtrundfahrt. Die Gegend war lebhaft. Eine Gruppe von Touristen stand bereits dort und wartete. Man hörte das aufgeregte Stimmengewirr in verschiedenen Sprachen, darunter Englisch, Französisch und Spanisch.

„Es sieht so aus, als wären wir nicht die Einzigen mit dieser Idee," bemerkte Julia lachend.

„Ja, Berlin ist immer voller Touristen," erwiderte Tim. „Aber das macht es doch gerade so interessant. Komm, lass uns nach oben gehen. Von dort haben wir sicher eine bessere Aussicht," schlug Tim vor. Julia stimmte begeistert zu.

Oben im Bus fanden sie schnell zwei freie Plätze. Kurz darauf setzte sich der Bus in Bewegung, und die Stadtrundfahrt begann. Durch die Lautsprecher hörten sie eine angenehme Stimme, die interessante Fakten und Geschichten über Berlin erzählte. „Wusstest du, dass Berlin mehr Brücken hat als Venedig?" fragte Tim, nachdem er es im Audioguide gehört hatte.

Julia schüttelte den Kopf. „Nein, das ist beeindruckend! Diese Stadt ist voller Überraschungen."

Der Bus fuhr am Potsdamer Platz vorbei, und sie konnten das glitzernde Sony Center und den ikonischen Fernsehturm in der

Ferne sehen. „Ich kann es kaum erwarten, dort oben zu stehen und die Aussicht über die Stadt zu genießen," sagte Julia, während sie auf den Fernsehturm zeigte.

Tim nickte. „Ja, das steht definitiv auf unserer Liste."

Als der Bus am Alexanderplatz hielt, sahen Julia und Tim sich an. „Sollen wir aussteigen?" fragte Tim.

Julia zögerte einen Moment und sagte dann: „Ja, lass uns die Gegend erkunden. Ich habe gehört, es gibt hier viele Geschäfte und Restaurants."

Mit dieser Entscheidung stiegen sie aus dem Bus und machten sich auf den Weg, den Alexanderplatz zu erkunden, bereit, die vielen Wunder Berlins zu entdecken.

Alexanderplatz - Alexander Square (a central square in Berlin)

Anweisungen - instructions

beeindruckende - impressive

Boutique-Hotel - boutique hotel

Brille - glasses

erwiderte - replied

Ferne - distance

Gegend - area, region

historischen Gebäude - historic building

Innenhof - courtyard

Lautsprecher - speakers (as in a sound system)

Lobby - lobby

majestätische - majestic

neugierig - curious

Rezeption - reception (hotel front desk)

Rezeptionist - receptionist

Reichstagsgebäude - Reichstag building (historic building in Berlin)

renoviert - renovated

Reservierung - reservation

Schlüsselkarten - key cards

Sonnenaufgang - sunrise

Sony Center - Sony Center (a modern building complex at Potsdamer Platz in Berlin)

Stimmengewirr - babble of voices

Überraschungen - surprises

Venedig - Venice

Wegbeschreibung - directions (how to get somewhere)

zögerte - hesitated

3. Alexanderplatz

Der Alexanderplatz war ein Schmelztiegel von Menschen und Kulturen. Überall wimmelte es von Touristen, Einheimischen, Geschäftsleuten und Künstlern. Der Platz pulsierte vor Leben und Energie, und Julia und Tim fühlten sich sofort in die Atmosphäre hineingezogen.

„Hier ist so viel los! Es fühlt sich an, als wäre dies das Herz von Berlin," bemerkte Julia, während sie den Brunnen der Völkerfreundschaft betrachtete, der vor ihnen plätscherte.

Tim nickte zustimmend und sagte: „Ja, und schau dir all diese kleinen Stände und Geschäfte an. Es gibt so viel zu sehen und zu tun."

Der Duft von frisch zubereiteter Currywurst stieg ihnen in die Nase, und sie folgten ihm zu einem der vielen Imbissstände, die den Platz säumten. „Ich habe gehört, dass man Berlin nicht verlassen sollte, ohne eine echte Currywurst probiert zu haben," sagte Tim mit einem Grinsen.

Julia und Tim näherten sich dem Imbissstand, an dem die lecker duftende Currywurst verkauft wurde. Während Tim die Speisekarte überflog, um die verschiedenen Optionen zu erkunden, holte Julia ihr Portemonnaie hervor.

„Zwei Currywürste mit Darm und scharfer Soße, bitte,“ bestellte Tim, nachdem sie sich entschieden hatten.

„Gerne,“ sagte der Verkäufer, während er sich an die Zubereitung machte. „Das macht dann 8 Euro.“

Julia kramte in ihrem Portemonnaie und zog einen Zehn-Euro-Schein heraus. „Hier, bitte.“

Der Verkäufer nahm das Geld und gab ihnen 2 Euro Wechsel zurück. „Danke! Ihre Bestellung wird gleich fertig sein.“

Während sie aßen, zog ein kleiner Souvenirladen Julias Aufmerksamkeit auf sich. Sie ging hinein und kaufte sich eine Postkarte mit einem Bild des Alexanderplatzes und einem Miniatur-Fernsehturm als Andenken.

Als sie den Laden verließen, wurden sie von der Musik eines Straßenkünstlers angelockt, der auf seiner Geige spielte. Eine kleine Gruppe von Menschen hatte sich versammelt und klatschte im Takt der Musik. Ein paar Meter weiter sahen sie einen Tänzer, der zu den Rhythmen eines Schlagzeugers tanzte. Die künstlerische Vielfalt des Platzes war beeindruckend.

Nachdem sie sich einige Zeit die Vorführungen angesehen hatten, sagte Tim: „Lass uns zum Fernsehturm gehen. Ich möchte die Stadt von oben sehen.“

Julia stimmte begeistert zu, und sie machten sich auf den kurzen Weg zum Turmeingang. Trotz der Menschenmenge kamen sie nach einer kurzen Wartezeit an die Reihe, ihre Tickets zu kaufen und mit dem Aufzug nach oben zu fahren.

Als die Türen sich öffneten, bot sich ihnen ein atemberaubender Panoramablick über die gesamte Stadt. Berlin erstreckte sich in alle Richtungen, und sie konnten viele der berühmten Sehenswürdigkeiten aus der Vogelperspektive sehen.

„Das ist unglaublich," flüsterte Julia, während sie ihre Kamera zückte, um Fotos zu machen.

Tim stimmte zu: „Es ist, als würden wir über der Stadt schweben. Du kannst wirklich den Puls von Berlin spüren."

Nachdem sie eine Weile die Aussicht genossen hatten, entschieden sie sich, wieder nach unten zu fahren und ihre Tour fortzusetzen. Sie stiegen in den nächsten Doppeldeckerbus und fuhren weiter in Richtung East Side Gallery, gespannt darauf, was sie als Nächstes entdecken würden. Das Abenteuer in Berlin war noch lange nicht vorbei.

atemberaubender - breathtaking

Brunnen der Völkerfreundschaft - Fountain of International Friendship

Darm - casing (here, refers to the natural casing of the sausage)

Doppeldeckerbus - double-decker bus

Duft - scent, aroma

East Side Gallery - East Side Gallery (a remaining section of the Berlin Wall that's now an international memorial for freedom)

flüsterte - whispered

Geige - violin

Imbissstand - snack stand

klatschte - clapped

kramte - rummaged, fumbled

Miniatur-Fernsehturm - miniature TV tower

Panoramablick - panoramic view

Portemonnaie - wallet, purse

scharfer Soße - spicy sauce

Schmelztiegel - melting pot

Schlagzeugers - drummer's

Souvenirladen - souvenir shop

Straßenkünstler - street artist

Tänzer - dancer

Turmeingang - tower entrance

Vorführungen - performances

wimmelte - teemed, swarmed

zückte - pulled out, drew (e.g., a camera)

4. East Side Gallery

Julia und Tim standen vor der East Side Gallery, einem Stück der ehemaligen Berliner Mauer, das jetzt als internationale Gedenkstätte für Freiheit und als längste Open-Air-Galerie der Welt dient. Die bunten Graffitis und Kunstwerke, die die Mauer schmückten, erzählten Geschichten von Freiheit, Hoffnung und Widerstand.

„Es ist beeindruckend zu sehen, wie ein Symbol der Teilung und Unterdrückung in etwas so Schönes und Bedeutungsvolles verwandelt wurde," sagte Julia und knipste mit ihrer Kamera Fotos von den beeindruckenden Kunstwerken.

Tim nickte und fügte hinzu: „Ja, und es ist wichtig, sich daran zu erinnern, was hier passiert ist und wie die Mauer gefallen ist. Die Mauer hat nicht nur eine Stadt geteilt, sondern auch Familien und Freunde."

Während sie weitergingen, stießen sie auf eine Tafel, die die Geschichte der Berliner Mauer erzählte – wie sie gebaut wurde, um die Flucht von Ost nach West zu verhindern und wie sie schließlich 1989 gefallen ist. Sie verbrachten einige Minuten damit, die Informationen zu lesen und die Fotos von damals zu betrachten.

In der Nähe sahen sie einige Künstler, die live vor Ort malten. Einer von ihnen, ein junger Mann mit Dreadlocks, malte ein lebhaftes Bild von zwei Händen, die sich berührten, mit der

Aufschrift „Freiheit". Julia war von seinem Talent so beeindruckt, dass sie ein kleines Kunstwerk von ihm kaufte.

Nachdem sie die gesamte Länge der Galerie erkundet hatten, beschlossen sie, einen Spaziergang entlang der Spree zu machen. Das Wasser glitzerte in der Sonne, und sie genossen die entspannte Atmosphäre, während sie die Aussicht auf die Stadt genossen.

Während sie gingen, fing Tim an, von der Zeit des Kalten Krieges zu erzählen. „Die Mauer war nicht nur ein physisches Hindernis, sondern auch ein Symbol für die Trennung und Unterdrückung, die die Menschen in der DDR erlebten," sagte er. „Viele versuchten zu fliehen und riskierten ihr Leben. Manche wurden auf der Flucht in den Westen erschossen. Und diejenigen, die gegen das Regime protestierten, wurden oft von der Stasi verfolgt und gefoltert."

Julia sah betroffen aus. „Es ist schwer vorstellbar, wie es gewesen sein muss, in solch einer Zeit zu leben," sagte sie leise.

„Weißt du," begann Tim, „mein Großvater lebte in Ost-Berlin, und er hat mir oft Geschichten von damals erzählt. Er erzählte von Freunden, die versucht hatten, über die Mauer zu klettern oder durch Tunnel darunter hindurchzukriechen. Einige schafften es, aber andere wurden gefangen oder schlimmer."

Julia blickte auf eine der Informationstafeln, auf der Bilder von einigen, die während ihrer Flucht ums Leben kamen, gezeigt wurden. „Das sind echte Menschen, echte Geschichten. Es ist so herzzerreißend," sagte sie mit Tränen in den Augen.

Tim nickte. „Ja, und es war nicht nur die Mauer, die sie einschränkte. Die ständige Überwachung, die Angst vor der Stasi, die Mangelwirtschaft - das Leben in der DDR war für viele sehr hart."

Julia dachte einen Moment nach. „Und trotzdem haben die Menschen Wege gefunden, sich zu widersetzen, oder?"

„Ja," antwortete Tim, „viele haben ihre Stimme erhoben, Kultur und Kunst genutzt, um gegen das System zu protestieren. Es gab Untergrundclubs, geheime Treffen und Samisdat-Publikationen.

Sie haben Risiken eingegangen, aber es war ihre Art, für Freiheit und Gerechtigkeit zu kämpfen."

Sie gingen weiter, tief in Gedanken versunken und beeindruckt von der Stärke und dem Mut der Menschen, die sich gegen Unterdrückung gewehrt hatten. Es war eine Erinnerung daran, wie wichtig Freiheit und Menschenrechte sind und wie leicht sie verloren gehen können.

Nach ihrer Wanderung entlang der Spree fuhren sie mit dem Bus weiter zum Checkpoint Charlie. Dort besuchten sie das Mauermuseum und tauchten tiefer in die Geschichte Berlins und Deutschlands während des Kalten Krieges ein. Sie sahen Artefakte, Fotos und lasen Geschichten von Menschen, die versucht hatten, über die Mauer zu fliehen.

Nachdem sie das Museum verlassen hatten, spürten sie das Bedürfnis, sich hinzusetzen und das Erlebte zu verarbeiten. Sie fanden ein charmantes Café in der Nähe und bestellten zwei Kaffees. Während sie saßen und ihre Getränke genossen, zog Julia ihr Tagebuch heraus und begann, ihre Gedanken und Gefühle niederzuschreiben.

Tim beobachtete sie einen Moment und sagte: „Es ist so wichtig, diese Dinge festzuhalten. Geschichte ist nicht nur etwas, das in Büchern steht. Es lebt in den Geschichten und Erinnerungen der Menschen."

Julia lächelte. „Ja, und ich möchte sicherstellen, dass ich mich immer an diese Reise erinnere."

Nach ihrer Kaffeepause machten sie sich auf den Weg zum Holocaust-Mahnmal, um einen weiteren wichtigen Teil der Geschichte Deutschlands zu erkunden. Sie wussten, dass es ein emotionaler Teil ihrer Reise sein würde, aber sie waren entschlossen, die Vergangenheit zu ehren und von ihr zu lernen.

Artefakte - artifacts

betreffen - affected, moved

DDR (Deutsche Demokratische Republik) - GDR (German Democratic Republic)

ehemaligen - former

Flucht - escape, flight

Gedenkstätte - memorial

gefoltert - tortured

herzzerreißend - heartbreaking

Hindernis - obstacle

Holocaust-Mahnmal - Holocaust Memorial

knipste - snapped (took a picture)

Mangelwirtschaft - shortage economy

Mauermuseum - Wall Museum (referring to the Berlin Wall)

Open-Air-Galerie - open-air gallery

Samisdat-Publikationen - samizdat publications (self-published, covert literature in the Eastern Bloc)

Stasi - Ministry for State Security (state security service of East Germany)

Tafel - board, plaque

Teilung - division, partition

Untergrundclubs - underground clubs

verarbeiten - to process, to come to terms with

Widerstand - resistance

widersetzen - to resist, oppose

5. Holocaust-Mahnmal

Als Julia und Tim das Holocaust-Mahnmal betraten, wurden sie sofort von der Ernsthaftigkeit und Stille des Ortes ergriffen. Das Denkmal, bestehend aus 2.711 Betonstelen, erstreckt sich über ein großes Feld und dient als ständige Erinnerung an die sechs Millionen jüdischen Opfer des Holocaust.

Julia und Tim gingen langsam zwischen den grauen Betonblöcken, die in ihrer Größe variieren und auf unebenem Boden stehen. Die Blöcke schienen wie ein Labyrinth, und je tiefer sie in das Denkmal gingen, desto höher wurden die Stelen, was ein Gefühl der Beklemmung hervorrief.

Julia zog ihre Kamera heraus und machte einige Fotos, während sie versuchte, die Bedeutung des Ortes festzuhalten. Tim ging ein paar Schritte weiter und blieb dann stehen, um einen Moment der Stille und Reflexion zu haben.

Nachdem sie das gesamte Mahnmal erkundet hatten, setzten sich beide auf eine nahegelegene Bank. „Es ist so wichtig, Orte wie diesen zu haben," begann Tim, „um sicherzustellen, dass wir niemals vergessen, was passiert ist, und um zukünftige Generationen daran zu erinnern."

Julia nickte zustimmend. „Ja, und es zeigt auch, wie wichtig es ist, ständig wachsam zu sein und gegen Hass und Intoleranz in all ihren Formen vorzugehen."

Beide schwiegen einen Moment, überwältigt von der Bedeutung des Ortes und den Gedanken, die er hervorrief.

„Komm," sagte Tim schließlich, „lass uns weitergehen. Das Brandenburger Tor ist nicht weit von hier."

Das Brandenburger Tor, eines der bekanntesten Wahrzeichen Berlins, war ein beeindruckender Anblick. Sie standen davor und sahen hinauf zu der Quadriga, der Bronzeskulptur einer von vier Pferden gezogenen Streitwagen, die auf dem Tor thront. Julia und Tim machten Fotos und schlenderten dann entlang der Straße des 17. Juni, die vom Brandenburger Tor ausging.

„Was hältst du davon, den Tag im Tiergarten ausklingen zu lassen?" schlug Tim vor. „Es ist ein großartiger Ort, um sich zu entspannen und die Natur zu genießen."

Julia lächelte. „Das klingt perfekt."

Im Tiergarten, Berlins größtem Park, fanden sie einen kleinen See, an dem Tretboote vermietet wurden. Sie entschieden sich, eines zu mieten und verbrachten die nächste Stunde damit, gemächlich auf dem Wasser zu treten, die Enten und Schwäne zu beobachten und die Natur mitten in der Stadt zu genießen.

Als die Sonne begann, sich dem Horizont zu nähern, und der Himmel in wunderschönen Rottönen leuchtete, fühlten sie sich beide entspannt und zufrieden. „Berlin ist wirklich eine beeindruckende Stadt," sagte Julia. „Es gibt so viel Geschichte, Kultur und Schönheit hier."

Tim stimmte zu. „Ja, und ich bin froh, dass wir diese Reise gemeinsam gemacht haben. Es gibt nichts Besseres, als neue Orte mit guten Freunden zu erkunden."

Die Dunkelheit begann sich langsam über die Stadt zu legen, und sie beschlossen, dass es Zeit war, zum Hotel zurückzukehren. Sie gaben das Tretboot zurück und machten sich auf den Weg, Hand in Hand, durch die beleuchteten Straßen Berlins. Es war der perfekte Abschluss für einen weiteren ereignisreichen Tag in der Hauptstadt.

Beklemmung - feeling of oppression, constriction

Betonstelen - concrete pillars

Brandenburger Tor - Brandenburg Gate

den Tag ausklingen lassen - to wind down the day

Ernsthaftigkeit - seriousness

ereignisreich - eventful

Quadriga - a chariot drawn by four horses (and also the name of the statue on top of the Brandenburg Gate)

Reflexion - reflection (in terms of thought, not a physical reflection)

schlenderten - strolled

Straße des 17. Juni - Street of June 17th

Tiergarten - name of Berlin's largest park, also means "zoo"

Tretboote - pedal boats

unebenem Boden - uneven ground

Wahrzeichen - landmark

wachsam - vigilant

überwältigt - overwhelmed

6. Ein Abend in Berlin

Nach ihrer ereignisreichen Tour durch Berlin kamen Julia und Tim in ihr Hotelzimmer zurück. Beide waren müde, aber die Vorfreude auf einen Abend in der Hauptstadt war groß.

„Was hältst du davon, wenn wir heute Abend traditionelle Berliner Gerichte probieren?", schlug Julia vor, während sie sich für den Abend frisch machte.

„Das klingt nach einer großartigen Idee! Ich habe schon so viel von der Berliner Küche gehört und bin gespannt, sie zu probieren", antwortete Tim.

Nach einer kurzen Internetrecherche entschieden sie sich für ein traditionelles Berliner Restaurant im Zentrum der Stadt. Das Restaurant war gemütlich eingerichtet, und die Wände waren mit alten Schwarzweißfotos von Berlin geschmückt.

„Ich werde die Berliner Boulette probieren", sagte Julia und studierte die Speisekarte.

„Und ich denke, ich werde den Eintopf nehmen. Es klingt herzhaft und lecker!", entschied sich Tim.

Das Essen war hervorragend, und beide genossen die lokalen Spezialitäten. Nach dem Abendessen beschlossen sie, das Berliner Nachtleben zu erkunden.

„Wie wäre es, wenn wir in eine Bar in Kreuzberg gehen? Ich habe gehört, dass es dort viele coole Orte gibt", schlug Tim vor.

Das schien Julia eine gute Idee zu sein, also machten sie sich auf den Weg. In Kreuzberg angekommen, waren sie beeindruckt von der lebhaften Atmosphäre. Sie fanden eine gemütliche Bar mit einem Innenhof und ließen sich nieder, um lokale Biere zu probieren.

Nach ihrem ersten Bier legte der DJ einen schnellen Song auf, und Julia zog Tim auf die Tanzfläche. Sie lachten, tanzten und genossen einfach den Moment.

Während sie tanzten, näherte sich ihnen eine Gruppe Berliner. „Ihr seht so aus, als hättet ihr Spaß!", rief einer von ihnen.

Julia lachte. „Ja, das tun wir! Wir sind aus München und entdecken gerade das Berliner Nachtleben."

Sie kamen ins Gespräch, tauschten Geschichten aus und lachten viel. Es war eine der besonderen Nächte, an denen man sich spontan mit Fremden anfreundet.

Nach ein paar Stunden beschlossen Julia und Tim, den Abend in einem Jazzclub in der Nähe ausklingen zu lassen. Der Club war dunkel und intim, und die Band spielte sanften Jazz, der perfekt zur nächtlichen Atmosphäre Berlins passte.

Sie fanden einen Tisch in der Nähe der Bühne und ließen sich in die Musik fallen. Beide waren sich einig, dass dies der perfekte Abschluss für ihren ersten Tag in der Stadt war.

Es war bereits nach Mitternacht, als sie beschlossen, zum Hotel zurückzukehren. Sie winkten ein Taxi heran und fuhren durch die nächtlichen Straßen Berlins.

„Was für ein Tag", murmelte Julia müde, als sie sich in die Polster des Taxis lehnte.

„Ja", stimmte Tim zu. „Berlin hat so viel zu bieten. Ich kann es kaum erwarten, morgen mehr zu erkunden."

Als sie im Hotel ankamen, waren sie erschöpft, aber überglücklich über die Erlebnisse des Tages. Ohne viele Worte fielen sie ins Bett und schliefen tief und fest, träumend von weiteren Abenteuern in der pulsierenden Stadt Berlin.

Abendessen - dinner

anfreunden - to make friends (usually used reflexively: sich anfreunden)

Boulette - meatball (specifically a Berliner style meatball)

Eintopf - stew

gemütlich - cozy, comfortable

geschmückt - decorated

herzhaft - hearty, savory

Innenhof - courtyard

Jazzclub - jazz club

Kreuzberg - a district in Berlin, known for its nightlife

murmelte - murmured

nächtlichen - nocturnal, nightly

Polster - cushion, padding (in this context, the seat cushion of the taxi)

probieren - to try, to taste

pulsierend - pulsating, vibrant

Speisekarte - menu (in a restaurant)

Tanzfläche - dance floor

Vorfreude - anticipation

7. Abschied von Berlin

Als Julia aufwachte, fiel ein sanftes Morgenlicht durch das Fenster ihres Hotelzimmers. Sie streckte sich und sah Tim an, der bereits wach war und ihre Sachen zusammenpackte.

„Guten Morgen", sagte sie lächelnd. „Schon alles gepackt?"

„Fast", antwortete Tim. „Ich wollte einen frühen Start, damit wir noch ein paar Orte besuchen können, bevor unser Zug geht."

Nachdem sie ihre Sachen gepackt hatten, gingen sie zum Frühstück. Das Hotel bot ein reichhaltiges Frühstücksbuffet mit allerlei deutschen Spezialitäten. Julia konnte nicht widerstehen und füllte ihren Teller mit Brötchen, Käse, Wurst und Marmelade.

„Wann geht unser Zug?", fragte sie, während sie ihren Kaffee trank.

„Um 14 Uhr. Aber ich dachte, wir könnten vorher noch den Gendarmenmarkt besuchen", schlug Tim vor.

Das klang nach einem großartigen Plan, also machten sie sich nach dem Frühstück auf den Weg. Der Gendarmenmarkt war nur eine kurze U-Bahn-Fahrt entfernt. Als sie ankamen, waren sie beeindruckt von der Schönheit des Platzes. In der Mitte des Marktplatzes standen zwei prächtige Kirchen - der Französische Dom und der Deutsche Dom - und dazwischen das Konzerthaus Berlin.

„Wow, das ist beeindruckend", sagte Julia und zückte ihre Kamera, um Fotos zu machen.

Nachdem sie den Platz ausgiebig bewundert hatten, schlenderten sie zu den umliegenden Geschäften, um einige Souvenirs zu kaufen. Julia fand einen schönen Schal mit einem Berliner Motiv, und Tim kaufte einige Postkarten mit historischen Bildern der Stadt.

„Das wird meine Mutter lieben", sagte Julia, während sie den Schal umlegte.

Mit ihren Einkäufen im Gepäck machten sie sich auf den Weg zum Bahnhof. Sie hatten noch etwas Zeit, bevor ihr Zug abfuhr, also entschieden sie sich für einen Kaffee in einem der Bahnhofscafés.

„Das war wirklich eine tolle Reise", sagte Julia nachdenklich, während sie ihren Kaffee rührte.

„Ja, es war unglaublich", stimmte Tim zu. „Ich bin froh, dass wir das gemacht haben. Berlin ist wirklich eine besondere Stadt."

Sie saßen eine Weile da, tranken ihren Kaffee und sprachen über alles, was sie erlebt hatten. Als die Zeit näher rückte, gingen sie zu ihrem Bahnsteig. Der Zug nach München war bereits da, und sie fanden schnell ihre Plätze.

Während der Zugfahrt zog die Landschaft an ihnen vorbei, und Julia fing an, in ihr Tagebuch zu schreiben. Sie notierte alle Erlebnisse, Orte, die sie besucht hatten, und die Menschen, die sie getroffen hatten.

Tim hatte seinen Reiseführer herausgeholt und las darin. „Hör mal", sagte er und zeigte Julia eine Seite. „Das müssen wir beim nächsten Mal besuchen."

Sie lachte. „Es gibt immer ein nächstes Mal, nicht wahr?"

„Natürlich", sagte Tim mit einem Grinsen. „Es gibt so viele Orte zu entdecken. Aber diese Reise war wirklich unvergesslich."

Als der Zug München erreichte, waren sie müde, aber glücklich. Sie hatten so viele Erinnerungen gesammelt und konnten es kaum erwarten, sie mit ihrer Familie und Freunden zu teilen.

„Danke, dass du mitgekommen bist", sagte Julia und umarmte Tim.

„Danke, dass du mich eingeladen hast", erwiderte er.

Mit einem Lächeln im Gesicht und dem Wunsch, bald wieder zu reisen, verließen sie den Bahnhof und machten sich auf den Heimweg. Es war das Ende einer unvergesslichen Reise, aber der Beginn vieler weiterer Abenteuer.

Abschied - farewell, goodbye

Bahnhof - train station

Bahnsteig - platform (at a train station)

Brötchen - small bread rolls, often eaten for breakfast

erwiderte - replied

Französische Dom - French Cathedral (in Berlin)

Gendarmenmarkt - Gendarmenmarkt (a famous square in Berlin)

Konzerthaus - concert hall

Marmelade - jam, marmalade

Motiv - motif, theme (in this context, a design or pattern)

nachdenklich - thoughtful, pensive

prächtige - magnificent, splendid

reichhaltiges Frühstücksbuffet - rich breakfast buffet

Schal - scarf

schlenderten - strolled, wandered

sich strecken - to stretch oneself

Souvenirs - souvenirs

U-Bahn-Fahrt - subway ride, metro journey

umarmte - hugged

umliegenden - surrounding

zückte - pulled out (in this context, taking out the camera)

Im Café

1. Ein neues Café in der Stadt

Das sonnige Wetter motivierte Julia und Tim, das neu eröffnete Café in ihrer Stadt zu besuchen, von dem alle sprachen. „Ich habe gehört, dass sie dort den besten Kaffee in der Stadt haben", sagte Tim, als sie die Straße entlang gingen.

Julia antwortete aufgeregt: „Und nicht zu vergessen die Kuchen! Sabine hat mir von einem unglaublich leckeren Schokoladenkuchen erzählt."

Als sie das Café betraten, wurden sie von einem warmen und einladenden Ambiente begrüßt. Der angenehme Duft von frisch gebackenen Kuchen vermischte sich mit dem intensiven Aroma von frisch gemahlenem Kaffee. Das Geräusch von Dampf aus der Espressomaschine und das Klirren von Tassen und Untertassen füllten den Raum.

„Hier drüben ist ein Platz am Fenster", sagte Julia und wies auf einen freien Tisch in der Ecke. Sie setzten sich und wurden sofort mit einer Speisekarte bedient.

Julia studierte die Speisekarte genau. „Was denkst du, Cappuccino oder Latte Macchiato? Ich kann mich nicht entscheiden."

Tim schaute nachdenklich aus. „Ich glaube, ich probiere den Eiskaffee mit Sahne. Es ist so warm heute."

Kurz darauf kam eine freundliche Kellnerin zu ihrem Tisch. „Was kann ich Ihnen bringen?", fragte sie mit einem Lächeln.

Julia sah von der Speisekarte auf und sagte: „Ich nehme einen Cappuccino."

Tim fügte hinzu: „Und für mich einen Eiskaffee mit Sahne, bitte."

„Kommt sofort", sagte die Kellnerin und verschwand.

Julia und Tim nutzten die kurze Wartezeit, um sich im Café umzusehen. Das Interieur war in warmen Brauntönen gehalten, und die Wände waren mit schwarz-weißen Fotos von verschiedenen Städten geschmückt. Aber was ihre Aufmerksamkeit wirklich auf sich zog, war die große Vitrine voller lecker aussehender Kuchen und Gebäck.

„Schau dir diesen Apfelkuchen dort an", sagte Julia und zeigte auf die Vitrine. „Er sieht so saftig aus. Ich glaube, ich muss ihn probieren."

„Warum nicht?", erwiderte Tim mit einem Lächeln. „Es ist doch Wochenende. Wir können uns ruhig mal verwöhnen."

Julia winkte die Kellnerin heran. „Entschuldigen Sie, ich hätte gerne ein Stück von diesem Apfelkuchen."

„Sehr gute Wahl", sagte die Kellnerin und notierte Julias Bestellung.

Nach einer Weile, in der sie sich entspannt unterhalten hatten, schaute Tim auf seine Uhr. „Oh, wie spät es schon ist. Wir sollten langsam gehen."

Julia nickte zustimmend. „Ja, du hast recht. Es war aber wirklich schön hier."

Tim rief die Kellnerin zu sich: „Entschuldigung, könnten wir bitte zahlen?"

Die Kellnerin kam mit der Rechnung, und Tim legte das Geld auf den Tisch. „Stimmt so", sagte er, als er das Trinkgeld dazulegte.

Während sie das Café verließen, blickte Julia zurück und sagte: „Wir sollten wirklich bald wiederkommen. Es gibt noch so viele Kaffeespezialitäten, die ich probieren möchte."

Tim stimmte zu: „Ja, und vielleicht auch einen weiteren dieser leckeren Kuchen. Das war ein wirklich netter Nachmittag."

Mit diesem Gedanken gingen sie Hand in Hand weiter, freudig darüber, einen neuen Lieblingsort in ihrer Stadt gefunden zu haben.

Ambiente - ambiance, atmosphere

Apfelkuchen - apple cake

aufgeregt - excited

bedient - served

betraten - entered

Brauntönen - brown tones/colors

Dampf - steam

Eiskaffee - iced coffee

einladenden - inviting

entlang - along

Espressomaschine - espresso machine

freudig - joyfully, happily

Gebäck - pastries

Geräusch - noise, sound

Interieur - interior

Klirren - clinking, clatter

Latte Macchiato - latte macchiato (a type of coffee drink)

Lieblingsort - favorite place

nachdenklich - thoughtful (note: this was in the previous glossary but appears again in this context)

Rechnung - bill, invoice

Sahne - cream

schwarz-weißen Fotos - black-and-white photos

sonnige - sunny

Speisekarte - menu

Trinkgeld - tip (money)

Vitrine - display case, showcase

zustimmend - in agreement

2. Das zweite Mal

Es waren nur wenige Tage vergangen, seit Julia und Tim das neue Café in der Stadt zum ersten Mal besucht hatten. Die Sonne schien, der Himmel war blau und klar. Was gab es Schöneres, als in einem gemütlichen Café zu sitzen und die warmen Sonnenstrahlen zu genießen?

„Ich habe heute wirklich Lust auf das Café von neulich", sagte Julia, während sie mit Tim durch die Stadt bummelte. „Was hältst du davon, wenn wir wieder dorthin gehen und dieses Mal draußen sitzen?"

„Das klingt perfekt", antwortete Tim. „Ich bin neugierig, wie der Espresso dort schmeckt."

Als sie am Café ankamen, entschieden sie sich, draußen auf der gemütlichen Terrasse zu sitzen, die mit Pflanzen und kleinen Lichterketten dekoriert war. Mehrere Tische standen im Schatten großer Sonnenschirme. Das leise Gemurmel der anderen Gäste und das Vogelgezwitscher schufen eine entspannte Atmosphäre.

Julia und Tim setzten sich an einen freien Tisch und bekamen sofort eine Speisekarte gereicht. „Hmm, ich denke, heute werde ich einen Tee probieren", sagte Julia nachdenklich, während sie die Speisekarte studierte. „Vielleicht einen Kamillentee."

„Ich bleibe bei meinem Plan und probiere den Espresso", sagte Tim und lächelte.

Die Kellnerin, die sie schon vom letzten Mal kannten, kam zu ihrem Tisch. „Was darf es heute sein?", fragte sie.

„Ich hätte gerne einen Kamillentee, bitte", antwortete Julia.

„Und für mich einen Espresso", fügte Tim hinzu.

„Kommt sofort", sagte die Kellnerin und ging zurück ins Café.

Während sie auf ihre Getränke warteten, lehnten sie sich zurück und beobachteten die Passanten, die vorbeigingen – Familien mit Kindern, Paare, die Hand in Hand gingen, und Einheimische, die eilig ihre Erledigungen machten.

„Schau mal, da ist Herr Müller mit seinem Hund“, bemerkte Julia und zeigte auf einen älteren Mann, der mit einem kleinen Dackel vorbeiging.

Tim lachte. „Ja, der kleine Dackel hat wirklich Energie!“

Nach kurzer Zeit brachte die Kellnerin ihre Getränke. Sie stellte den Kamillentee vor Julia und den Espresso vor Tim.

„Auf einen schönen Tag“, sagte Julia und hob ihre Tasse.

„Auf einen schönen Tag“, wiederholte Tim und stieß mit ihr an.

Nachdem sie eine Weile geplaudert und ihre Getränke genossen hatten, bekamen sie langsam Hunger. „Wie wäre es, wenn wir uns ein Sandwich teilen?“, schlug Tim vor.

Julia nickte. „Ja, das klingt gut. Vielleicht eins mit Huhn und Avocado?“

Tim winkte die Kellnerin herbei und bestellte das Sandwich. Es dauerte nicht lange, bis das frisch zubereitete Sandwich vor ihnen stand.

Als sie fertig waren, erhob sich Tim und ging zur Kasse, um zu bezahlen. „Was kostet das Sandwich und die Getränke zusammen?“, fragte er.

Die Kassiererin tippte kurz auf die Kasse und sagte: „Das macht zusammen 14,50 €.“

Tim bezahlte und ging zurück zu Julia. „Ich denke, wir haben unser neues Stammcafé gefunden“, sagte er mit einem Lächeln.

Julia stimmte zu. „Absolut. Es ist einfach perfekt hier. Guter Kaffee, leckeres Essen und eine wunderbare Atmosphäre. Ich freue mich schon auf unseren nächsten Besuch.“

Mit einem zufriedenen Gefühl verließen sie das Café, in dem Gedanken, bald wiederzukommen. Es war zu einem Ort geworden, an dem sie sich entspannen, lachen und die kleinen Momente des Lebens genießen konnten.

ankamen - arrived

Avocado - avocado

bummelte - strolled, sauntered

Dackel - dachshund (a type of dog)

dekoriert - decorated

Einheimische - locals

erhob - rose, got up

Erledigungen - errands, tasks

Gemurmel - murmur, mutter

genießen - to enjoy

Getränke - drinks, beverages

Hunger - hunger

Kamillentee - chamomile tea

Kasse - cash register

Kassiererin - cashier (female)

Lichterketten - fairy lights, string lights

neugierig - curious

Passanten - pedestrians, passersby

Pflanzen - plants

Sandwich - sandwich

Schatten - shade

Sonnenschirme - sun umbrellas, parasols

Stammcafé - regular café

Vogelgezwitscher - bird chirping, birdsong

vorbeigingen - passed by

zufriedenen Gefühl - satisfied feeling

zusammen - together (in this context: in total)

3. Stammgäste

Julia und Tim hatten in den letzten Wochen das Café so oft besucht, dass es fast wie ein zweites Zuhause für sie geworden war. Es war nicht nur die Qualität des Kaffees oder die leckeren Snacks, die sie anzogen – es war die Atmosphäre, die Freundlichkeit des Personals und die vielen kleinen Momente des Glücks, die sie dort erlebt hatten.

An einem sonnigen Dienstagmorgen traten sie wieder in das Café ein. Noch bevor sie den Eingangsbereich komplett betreten hatten, kam die Kellnerin, Lena, mit einem breiten Lächeln auf sie zu. „Das Übliche?“, fragte sie mit einem Augenzwinkern.

Julia lachte. „Ja, bitte! Und heute auch zwei Croissants.“

Während Lena die Bestellung aufnahm, führte Tim Julia zu ihrem Lieblingsplatz, einem kleinen Tisch nahe dem Fenster. Von dort aus hatte er den perfekten Blick auf die Straße und konnte das Treiben der Stadt beobachten. Er liebte es, die vorbeigehenden Menschen zu beobachten und sich Geschichten über ihr Leben auszudenken.

Nach ein paar Minuten kam Lena mit ihrem Kaffee und den frisch gebackenen Croissants zurück. „Hier bitte, genießt es!“

„Vielen Dank, Lena“, sagte Julia und öffnete ihr kleines Notizbuch, das sie immer bei sich trug. In diesem Buch hatte sie alle Kaffeespezialitäten notiert, die sie im Café probiert hatte. Es war eine Art Tagebuch ihrer Café-Abenteuer geworden.

Manchmal brachten Julia und Tim auch Freunde mit ins Café. Sie präsentierten stolz ihre Lieblingsgetränke und genossen es, die Reaktionen ihrer Freunde auf die verschiedenen Kaffeespezialitäten zu sehen.

„Schaut mal, was ich entdeckt habe!“, rief Tim eines Tages, als er eine Werbung am schwarzen Brett des Cafés bemerkte. Es war ein Flyer für einen Barista-Kurs, der im Café angeboten wurde.

„Das klingt interessant“, meinte Julia, als sie den Flyer näher betrachtete. „Was hältst du davon, wenn wir uns anmelden?“

„Auf jeden Fall!", antwortete Tim begeistert. „Es wäre toll, mehr über die Kunst des Kaffeemachens zu erfahren."

Einige Tage später fanden sie sich inmitten einer kleinen Gruppe von Kaffeeliebhabern wieder. Unter Anleitung eines erfahrenen Baristas lernten sie, wie man den perfekten Espresso zubereitet, wie man Milch schäumt und wie man Latte Art kreiert. Es war faszinierend und lehrreich zugleich.

Nach dem Kurs setzten sich Julia und Tim an ihren Lieblingsplatz, stolz auf ihre neuen Fähigkeiten und mit einem selbstgemachten Kaffee in der Hand.

„Ich hätte nie gedacht, dass es so viel zu lernen gibt, wenn es um Kaffee geht", bemerkte Julia, während sie einen Schluck von ihrem perfekt zubereiteten Cappuccino nahm.

„Ich auch nicht", stimmte Tim zu. „Aber es hat Spaß gemacht, und jetzt schätze ich unseren Kaffee hier noch mehr."

Die beiden verbrachten noch einige Stunden im Café, plauderten, lachten und genossen einfach die Zeit miteinander. Es war klar, dass das Café nicht nur ein Ort zum Essen und Trinken für sie geworden war. Es war ein Ort voller schöner Erinnerungen, an den sie immer wieder gerne zurückkehrten. Es war ihr kleines Paradies inmitten der Hektik der Stadt. Ein Ort, an dem sie sich immer willkommen fühlten und wo sie wussten, dass ein heißer Kaffee und ein freundliches Gesicht auf sie warteten. Es war ihr Stammcafé.

Anleitung - guidance, instruction

Augenzwinkern - wink (of an eye)

Barista-Kurs - barista course

begeistert - excited, enthusiastic

beobachten - to observe, watch

Blick - view, glance

Cappuccino - cappuccino

Croissants - croissants

Eingangsbereich - entrance area

erfahrenen - experienced

Fähigkeiten - skills, abilities

Flyer - flyer, leaflet

Geschichten - stories

Hektik - hustle and bustle

inmitten - amidst, in the midst of

Kaffeeliebhabern - coffee lovers

Kaffeemachens - coffee-making

kreiert - created

Latte Art - latte art (a method of preparing coffee by pouring steamed milk into a shot of espresso, resulting in a pattern or design on the surface)

Lieblingsgetränke - favorite drinks

Lieblingsplatz - favorite spot/place

Milch schäumt - froth milk

Notizbuch - notebook

Paradies - paradise

Personals - staff's, personnel's

selbstgemachten - homemade

schwarzen Brett - bulletin board

Stammgäste - regular customers

Treiben - hustle and bustle, activity

Übliche - usual, customary

werbung - advertisement

Das große Kaufhaus

1. Die Ankunft

Es war Samstagmittag, als Julia und Tim das beeindruckende Kaufhaus betraten, das seit Monaten das Gesprächsthema in ihrer Stadt war. Mit glänzenden Augen schauten sie sich um, als sie die breiten Türen durchschritten. Überall gab es leuchtende Farben, und der Klang von Gesprächen vermischte sich mit der sanften Hintergrundmusik.

„Oh, Tim, sieh dir das an! Es ist riesig!" rief Julia aus und wies auf die weitläufigen Etagen des Kaufhauses hin.

Tim nickte zustimmend und sagte: „Ja, und sieh dir all diese Angebote an! Wo sollen wir anfangen?"

Da es Sommer war und Julia ein neues Kleid für eine bevorstehende Gartenparty suchte, beschlossen sie, zunächst die Bekleidungsabteilung zu besuchen. Sie stiegen in den Fahrstuhl und drückten den Knopf für das zweite Stockwerk.

Als sie die Bekleidungsabteilung betraten, waren sie von der Vielfalt der Kleidungsstücke beeindruckt. Es gab Kleider in allen Formen, Farben und Größen. Julia zog ein hellblaues Sommerkleid aus dem Regal und hielt es gegen sich. „Was hältst du davon?" fragte sie Tim.

Bevor Tim antworten konnte, kam eine Verkäuferin herüber und lächelte freundlich. „Kann ich Ihnen helfen?" fragte sie.

Julia nickte. „Ich suche ein Sommerkleid für eine Gartenparty. Haben Sie Empfehlungen?"

Die Verkäuferin überlegte kurz und führte Julia dann zu einer anderen Ecke der Abteilung. „Hier sind einige unserer neuesten Modelle. Ich denke, das hier würde Ihnen gut stehen", sagte sie und zeigte auf ein elegantes, cremefarbenes Kleid.

Während Julia die Kleider anprobierte, wanderte Tim zur Schuhabteilung. Er war auf der Suche nach einem neuen Paar Sportschuhen und fand schnell einige Modelle, die ihm gefielen.

Nach einigem Hin und Her entschied er sich für ein weißes Paar mit blauen Streifen.

Mit ihren ausgewählten Artikeln gingen Julia und Tim zur Kasse. Der Kassierer lächelte sie an und scannte ihre Artikel. „Das macht insgesamt 120 Euro", sagte er.

Julia griff nach ihrer Tasche und zog ihre Geldbörse heraus. „Kann ich mit Karte bezahlen?" fragte sie.

„Natürlich", antwortete der Kassierer und reichte ihr das Kartenterminal.

Nachdem sie bezahlt hatten, fühlten sich Julia und Tim ein wenig erschöpft von ihrem Einkaufsbummel. „Wie wäre es, wenn wir im Kaufhauscafé eine Pause einlegen?" schlug Julia vor.

Tim lächelte. „Das klingt perfekt. Lass uns gehen!"

Mit ihren Einkaufstaschen in der Hand machten sie sich auf den Weg zum Café, bereit für eine wohlverdiente Pause und gespannt auf das nächste Kapitel ihres Einkaufsabenteuers.

Angebote - offers, deals

anprobierte - tried on

Bekleidungsabteilung - clothing department

bereit - ready

bevorstehende - upcoming

Einkaufsbummel - shopping spree

Einkaufstaschen - shopping bags

elegantes - elegant

Fahrstuhl - elevator, lift

Gartenparty - garden party

Geldbörse - wallet, purse

Kartenterminal - card terminal

Kasse - checkout, cash register

Kassierer - cashier

Kaufhauscafé - department store café

Kleidungsstücke - pieces of clothing

Modelle - models, designs

neuesten - newest

Pause einlegen - take a break

Regal - shelf, rack

Schuhabteilung - shoe department

Sportschuhen - sports shoes

Verkäuferin - saleswoman

weitläufigen - spacious, extensive

wohlverdiente - well-deserved

2. Das Kaufhauscafé

Das Kaufhauscafé war ein kleines Juwel inmitten des Einkaufstrubels. Julia und Tim fanden einen ruhigen Platz in der Ecke mit einem schönen Blick auf das geschäftige Treiben der Kunden. Das sanfte Klirren von Tassen und das Summen von Gesprächen erfüllten die Luft.

„Wie wäre es mit einem Kaffee und vielleicht einem Stück Kuchen?" schlug Tim vor, während er die Speisekarte studierte.

„Das klingt herrlich", stimmte Julia zu. „Ich hätte gerne einen Cappuccino und vielleicht ein Stück Schokoladenkuchen."

Tim winkte die Kellnerin heran. „Wir hätten gerne zwei Cappuccinos und zwei Stücke Schokoladenkuchen, bitte."

Während sie auf ihre Bestellung warteten, lehnte sich Julia zurück und beobachtete die anderen Café-Besucher. „Schau mal", flüsterte sie und wies auf eine Frau mit einer großen Einkaufstasche hin. „Was meinst du, was sie gekauft hat?"

Tim lachte leise. „Vielleicht ein neues Kleid? Oder Schuhe? Es ist schwer zu sagen.“

Sie verbrachten einige Minuten damit, das Spiel fortzusetzen und zu raten, was die anderen Kunden gekauft haben könnten. Es war eine amüsante Art, die Zeit zu vertreiben.

Plötzlich bemerkte Julia eine Werbung an der Wand des Cafés. „Schau mal, Tim. Es gibt einen Sale in der Elektronikabteilung. Vielleicht sollte ich nach einem neuen Laptop Ausschau halten.“

„Das ist eine gute Idee! Lass uns nach dem Kaffee dorthin gehen“, schlug Tim vor.

Nachdem sie ihren Kaffee und Kuchen genossen hatten, machten sie sich auf den Weg zur Elektronikabteilung. Die Regale waren mit den neuesten Gadgets und Technologien gefüllt. Julia war beeindruckt von der Auswahl.

Ein Verkäufer kam auf sie zu und fragte: „Kann ich Ihnen helfen?“

„Ja, bitte“, antwortete Julia. „Ich suche einen neuen Laptop. Haben Sie Empfehlungen?“

Der Verkäufer zeigte ihr einige Modelle und erklärte die Vor- und Nachteile jedes einzelnen. Schließlich entschied sich Julia für einen Laptop, der ihren Bedürfnissen entsprach. Währenddessen fand Tim ein gutes Angebot für Kopfhörer und legte sie in seinen Einkaufskorb.

An der Kasse fragte Tim den Kassierer: „Gibt es eine Garantie für diese Produkte?“

„Ja“, antwortete der Kassierer. „Der Laptop hat eine Garantie von zwei Jahren und die Kopfhörer von einem Jahr.“

Nachdem sie bezahlt hatten, verließen sie zufrieden die Elektronikabteilung mit ihren neuen Einkäufen.

„Es ist schon spät geworden“, bemerkte Julia. „Aber wie wäre es, wenn wir den Tag in der Parfümerie abschließen? Ich möchte nach einem neuen Duft suchen.“

Tim lächelte. „Klar, warum nicht? Lass uns gehen.“

Mit ihren Einkaufstaschen in der Hand machten sie sich auf den Weg zur Parfümerie, gespannt auf die Düfte und Aromen, die sie dort entdecken würden. Es war ein gelungener Tag im Kaufhaus, und beide freuten sich schon auf ihren nächsten Besuch.

Aromen - aromas

Ausschau halten - to keep an eye out for

Einkaufstrubel - shopping hustle and bustle

Elektronikabteilung - electronics department

Garantie - warranty

Gadgets - gadgets (used in German as well)

gelungener - successful, well-done

geschäftige Treiben - bustling activity

Kellnerin - waitress

Kopfhörer - headphones

Parfümerie - perfumery, perfume store

Speisekarte - menu

Schokoladenkuchen - chocolate cake

Schau mal - look, take a look

Sale - sale (used in German as well)

vertreiben (die Zeit) - to pass (the time)

Werbung - advertisement

zufrieden - satisfied

3. Duftende Entdeckungen

Das Ambiente in der Parfümerie war faszinierend. Dimmes Licht, sanfte Musik und das feine Aroma unterschiedlichster Düfte erfüllten die Luft. Überall standen elegante Flakons und Tester, die dazu einluden, ausprobiert zu werden.

„Es gibt hier so viele Optionen!", rief Julia aus und schnupperte an einem Parfum. „Dieser hier riecht nach Rosen. Wie findest du ihn, Tim?"

Tim zuckte mit den Schultern. „Ich bin mir nicht sicher. Er ist etwas zu blumig für meinen Geschmack. Aber du kannst ihn ja ausprobieren, wenn er dir gefällt."

Während Julia von einem Duft zum nächsten wechselte, suchte Tim nach einem neuen Aftershave. Er schnupperte an verschiedenen Flaschen, bis er schließlich auf einen Duft stieß, der ihm besonders zusagte.

In der Zwischenzeit trat eine Verkäuferin an Julia heran und hielt ihr einen Tester hin. „Möchten Sie diesen hier probieren?", fragte sie mit einem Lächeln. „Es ist einer unserer Bestseller."

Julia sprühte etwas von dem Parfum auf ihr Handgelenk und roch daran. Ihre Augen leuchteten auf. „Das ist wunderbar! Es riecht so frisch und doch so elegant."

Während Julia sich weiterhin umschaute, entschied sich Tim für das Aftershave, das ihm gefallen hatte, und ging zur Kasse, um zu bezahlen. Julia folgte ihm bald mit einem Parfum in der Hand, das sie schon immer haben wollte. Zu ihrer Freude war es sogar im Angebot.

„Das ist ein wirklich guter Preis!", sagte Julia erfreut.

An der Kasse fragte sie die Kassiererin: „Könnten Sie es bitte als Geschenk verpacken? Es ist für eine besondere Gelegenheit."

„Natürlich, gerne!", antwortete die Kassiererin und verpackte das Parfum sorgfältig in glänzendes Geschenkpapier mit einer hübschen Schleife.

Während sie auf die Verpackung warteten, unterhielten sich Julia und Tim über ihre Einkäufe. „Ich bin so froh, dass wir heute hierher gekommen sind“, sagte Julia. „Es war ein erfolgreicher Einkaufstag.“

Tim nickte zustimmend. „Ja, das war es wirklich. Und jetzt habe ich auch ein neues Aftershave.“

Mit ihren Einkäufen verließen sie schließlich die Parfümerie und traten ins Freie. Die Abenddämmerung hatte eingesetzt, und die Straßenlaternen erhellten den Weg.

„Es wird schon spät“, bemerkte Tim und schaute auf seine Uhr. „Sollen wir nach Hause gehen?“

Julia zögerte einen Moment und sagte dann: „Ich würde gerne noch einen kurzen Abstecher in die Bücherabteilung machen. Vielleicht finde ich ein gutes Buch für das Wochenende.“

Tim lächelte. „In Ordnung, aber nur ein kurzer Abstecher. Es war ein langer Tag.“

Die beiden machten sich auf den Weg zur Bücherabteilung, gespannt auf die literarischen Schätze, die sie dort entdecken würden. Es war ein Tag voller Entdeckungen und duftender Momente im großen Kaufhaus.

Abenddämmerung - twilight, dusk

Abstecher - detour, side trip

Ambiente - ambiance, atmosphere

Aftershave - aftershave

Bestseller - bestseller (used in German as well)

Bücherabteilung - book department

Dimmes Licht - dimmed light

duftender - fragrant

Flakon - flacon, small bottle (often for perfume)

Geschenkpapier - gift wrap, wrapping paper

Handgelenk - wrist

literarischen Schätze - literary treasures

Rosen - roses

schnupperte - sniffed

Schultern zucken - to shrug one's shoulders

sorgfältig - carefully

Tester - tester (sample bottle in this context)

umschaute - looked around

verpacken - to wrap, to pack

4. Bücherparadies

Als Julia und Tim die Bücherabteilung betraten, fühlten sie sich sofort wie in einem Paradies für Leseratten. Überall erstreckten sich hohe Bücherregale, gefüllt mit Werken zu den unterschiedlichsten Themen - von Belletristik über Sachbücher bis hin zu Kinderbüchern.

Julia zog sogleich in den Bereich der Romane. Sie liebte es, sich in Geschichten zu verlieren, die in fernen Ländern oder vergangenen Zeiten spielten. Während sie einige Buchrücken las, trat eine freundliche Verkäuferin an sie heran: „Suchen Sie nach einem bestimmten Buch oder kann ich Ihnen etwas empfehlen?"

„Ich bin auf der Suche nach einem fesselnden Roman. Haben Sie Empfehlungen?", fragte Julia.

Die Verkäuferin zögerte nicht und zog ein Buch aus dem Regal. „Dieser Roman ist gerade ein Bestseller und wird von vielen gelobt. Er könnte Ihnen gefallen."

Tim, auf der anderen Seite der Abteilung, war tief in einen Stapel Reiseführer vertieft. Sein Blick fiel auf einen dicken Band über Berlin. Er schlug das Buch auf und blätterte durch die Seiten, fasziniert von den Fotos und Beschreibungen der Stadt. In seinem Kopf formte sich bereits die Idee eines Städtetrips.

Julia, die mittlerweile einen gemütlichen Sessel in einer Leseecke gefunden hatte, vertiefte sich in den empfohlenen Roman. Nach einigen Minuten trat Tim an sie heran, den Reiseführer in der Hand. „Schau mal, Julia! Was hältst du von einem Wochenendtrip nach Berlin?"

Julia schaute auf und lächelte. „Das klingt spannend! Ich war schon lange nicht mehr in Berlin."

Sie diskutierten die Idee weiter, inspiriert von den Beschreibungen und Bildern im Buch. Schließlich kamen sie zu dem Entschluss, den Reiseführer zu kaufen und tatsächlich einen Trip in die deutsche Hauptstadt zu planen.

Als sie zur Kasse gingen, fragte Tim die Kassiererin: „Gibt es einen Rabatt für Stammkunden? Wir haben heute schon einiges eingekauft."

Die Kassiererin schaute in ihr System und lächelte. „Ja, Sie bekommen 10% Rabatt auf diesen Einkauf. Vielen Dank für Ihre Treue!"

Nachdem sie bezahlt hatten, bemerkte Julia, dass es draußen bereits dunkel wurde. „Oh, schau mal! Das Kaufhaus schließt bald. Wir sollten gehen."

Tim nickte zustimmend. „Ja, es war ein langer und erfolgreicher Tag. Lass uns nach Hause gehen."

Mit ihren Einkaufstaschen in der Hand verließen sie das Kaufhaus und traten in die kühle Abendluft hinaus. Ihr Einkaufsabenteuer war zu Ende, aber die Vorfreude auf ihren geplanten Berlin-Trip hatte gerade erst begonnen.

Belletristik - fiction (literature)

Buchrücken - spine of a book

erstreckten - extended, stretched

fesselnden - gripping, captivating

Leseecke - reading nook or corner

Leseratten - bookworms (literal translation: "reading rats")

Reiseführer - travel guide

Romane - novels

Sachbücher - non-fiction books

Sessel - armchair

Städtetrip - city trip

Stammkunden - regular customers

vergangenen Zeiten - past times, bygone eras

vertiefte sich - immersed oneself

Vorfreude - anticipation, looking forward to something

Wochenendtrip - weekend trip

zögerte - hesitated

5. Rückblick und Abschied

Als Julia und Tim das imposante Kaufhaus verließen, trugen sie mehrere Taschen voller Einkäufe. Das Licht der Straßenlaternen schimmerte golden auf den Pflastersteinen, und die kühle Abendluft ließ sie frösteln. Während sie die Straße entlanggingen, konnten sie nicht umhin, von ihrem Abenteuer im Kaufhaus zu schwärmen.

„Ich kann immer noch nicht glauben, wie groß dieses Kaufhaus ist!", sagte Julia und schaute auf ihre Taschen. „Es fühlt sich an, als hätten wir nur einen kleinen Teil davon gesehen."

Tim lachte. „Du hast recht! Jedes Mal, wenn ich dachte, ich hätte alles gesehen, gab es eine neue Abteilung zu entdecken. Beim nächsten Mal sollten wir vielleicht eine Karte mitnehmen."

Julia nickte zustimmend. „Definitiv! Und ich möchte unbedingt nochmal in die Deko- und Haushaltsabteilung. Es gibt dort so viele schöne Dinge, die ich für unsere Wohnung haben möchte."

Die beiden lachten, als sie über die verschiedenen Abteilungen und ihre „zukünftigen" Einkäufe sprachen. Es war klar, dass dieser Einkaufstag nicht ihr letzter im Kaufhaus sein würde.

„Mit all diesen Taschen sollten wir vielleicht ein Taxi nehmen", schlug Julia vor und sah sich nach einem freien Taxi um.

Tim stimmte zu und winkte einem nahen Taxi. Bald waren sie auf dem Weg nach Hause, aber ihre Unterhaltung über das Kaufhaus und ihre Einkäufe setzte sich fort. „Weißt du, was ich am meisten an unserem Einkaufstag liebe?", fragte Tim. „Dass wir nicht nur großartige Dinge gekauft haben, sondern auch viele neue Ideen und Inspirationen für die Zukunft gesammelt haben, wie unseren geplanten Berlin-Trip."

Julia lächelte. „Ja, das stimmt. Ich freue mich schon darauf, Berlin zu erkunden und all die Orte zu besuchen, die wir im Reiseführer gesehen haben."

Als sie zu Hause ankamen, waren beide gespannt darauf, ihre Einkäufe auszupacken. Julia legte das neue Parfum und das Sommerkleid vorsichtig auf das Bett, während Tim seine neuen Schuhe und Kopfhörer bewunderte.

Julia seufzte glücklich. „Es war wirklich ein unvergesslicher Tag, nicht wahr? Nicht nur wegen der Einkäufe, sondern auch wegen der schönen Zeit, die wir miteinander verbracht haben."

Tim nickte zustimmend. „Absolut. Das Kaufhaus war beeindruckend, aber das Beste daran war, diesen Tag mit dir zu verbringen. Und ich kann es kaum erwarten, unser nächstes Abenteuer dort zu starten!"

Die beiden lächelten sich an, dankbar für die gemeinsamen Erinnerungen und freudig in Erwartung zukünftiger Erlebnisse. Es war ein Tag voller Entdeckungen und Freude - ein Tag, den sie so schnell nicht vergessen würden.

beeindruckend - impressive

Deko- und Haushaltsabteilung - decoration and household department

erwarten - to expect, await

frösteln - to shiver

imposante - imposing, impressive

Pflastersteine - cobblestones

schimmerte - shimmered, glistened

schwärmen - to rave, enthuse

seufzen - to sigh

unvergesslicher - unforgettable

vorsichtig - carefully, cautiously

winkte - waved

zukünftige - future (adjective)

zustimmend - in agreement, approvingly

Ausflug nach Salzburg

1. Die Reisevorbereitung

Lena und Andrea hatten immer davon geträumt, gemeinsam einen Ausflug zu machen. „Wie wäre es mit Salzburg?", schlug Andrea eines Tages vor. „Das wäre großartig!", antwortete Lena begeistert. Sie waren beide fasziniert von der österreichischen Stadt, die sowohl für ihre historische Architektur als auch für ihr kulturelles Erbe bekannt ist.

Nachdem sie sich für Salzburg entschieden hatten, kamen sie zum nächsten wichtigen Punkt: die Fortbewegung. „Ich denke, es wäre am besten, wenn wir ein Auto mieten", sagte Lena. Andrea stimmte zu: „Ja, das gibt uns mehr Flexibilität, um die Gegend zu erkunden."

Sie begannen online nach verfügbaren Mietwagenangeboten zu suchen. „Schau mal, hier gibt es ein Angebot für ein kompaktes Auto, das wäre perfekt für uns beide", sagte Andrea und zeigte Lena den Bildschirm ihres Laptops. Nachdem sie die Bedingungen gelesen hatten, buchten sie das Auto.

Am nächsten Tag gingen sie zum Autovermietungspunkt. Der Mitarbeiter begrüßte sie freundlich. „Guten Tag! Sie haben ein Auto reserviert, oder?" Lena nickte und sagte: „Ja, auf den Namen Lena Müller."

Nach einigen Formalitäten führte der Mitarbeiter sie zu ihrem gemieteten Auto. Es war ein glänzender, blauer Kompaktwagen. Sie überprüften sorgfältig den Zustand des Autos, um sicherzustellen, dass keine Schäden vorhanden waren, und schauten sich auch das Zubehör wie das Warndreieck und den Verbandskasten an.

„Hast du den Führerschein und den Mietvertrag dabei?", fragte Andrea, während sie in ihre Tasche griff, um ihr Handy herauszuholen.

Lena kramte in ihrer Handtasche und holte beide Dokumente heraus. „Ja, alles dabei. Bist du bereit für unser Abenteuer?", sagte sie lächelnd.

Andrea nickte und sie stiegen ins Auto. Bevor sie losfuhren, spielten sie mit dem Navigationssystem herum, um sicherzustellen, dass sie wussten, wie es funktioniert. „Es wäre eine gute Idee, unsere Route nach Salzburg schon jetzt einzugeben", schlug Lena vor.

Während Andrea mit dem Navigationssystem beschäftigt war, verband Lena ihr Handy über Bluetooth mit dem Auto und erstellte eine Playlist mit ihren Lieblingssongs für die Fahrt. „Diese Lieder werden die Fahrt sicherlich unterhaltsamer machen!", sagte sie.

Andrea, die das Armaturenbrett überprüfte, bemerkte, dass der Kraftstoffanzeiger fast leer war. „Wir sollten vielleicht noch tanken, bevor wir losfahren", sagte sie.

„Oh, das ist eine gute Idee!", stimmte Lena zu. Sie startete den Motor und sie fuhren zur nächsten Tankstelle. Während Lena das Auto betankte, kaufte Andrea Snacks und Getränke für die Fahrt.

Mit einem vollgetankten Auto, Snacks und ihrer Lieblingsmusik waren Lena und Andrea bereit, ihre Reise nach Salzburg zu beginnen. Sie freuten sich beide auf das Abenteuer, das vor ihnen lag.

Armaturenbrett - dashboard

betankte - refueled

Bluetooth - Bluetooth (wireless technology standard)

erstellen - to create

Fahrt - journey, trip

Flexibilität - flexibility

Fortbewegung - mobility, transportation

Führerschein - driver's license

gemieteten - rented

Kraftstoffanzeiger - fuel gauge

kramte - rummaged, dug

Mietvertrag - rental agreement

Navigationssystem - navigation system

Playlist - playlist (list of songs)

sorgfältig - carefully

Tankstelle - gas station

unterhaltsamer - more entertaining

verbinden - to connect

Verbandskasten - first aid kit

Warndreieck - warning triangle (used for car breakdowns)

Zubehör - accessories, equipment

2. Auf der Autobahn

Nachdem sie die Tankstelle erreicht hatten, hielt Lena das Auto an einer der Zapfsäulen. Während sie ausstieg und den Tankdeckel öffnete, sagte sie zu Andrea: „Könntest du vielleicht ein paar Snacks für die Fahrt besorgen?"

„Oh, natürlich!", antwortete Andrea und eilte zum Tankstellenshop.

Lena steckte den Zapfhahn in den Tank und sah zu, wie die Literzahl und der Preis an der Pumpe stiegen. Sie genoss den Geruch von Benzin und fühlte sich wie in einem Roadtrip-Film. Als der Tank voll war, hängte sie den Zapfhahn zurück und verschloss den Tankdeckel.

Andrea kam mit einer Tüte voller Snacks zurück. „Ich habe Chips, Schokoriegel und ein paar Getränke besorgt", sagte sie stolz.

„Perfekt!" Lena lächelte. „Zahlen wir und fahren weiter."

Sie gingen zusammen zur Kasse. „Das macht dann 50 Euro für das Benzin und 15 Euro für die Snacks", sagte der Kassierer. Lena bezahlte für das Benzin und Andrea für die Snacks.

Zurück im Auto, setzten sie ihre Fahrt auf der Autobahn fort. Die Straße war klar, und sie konnten die schöne Landschaft genießen. Wälder, Felder und kleine Dörfer zogen an ihnen vorbei. Die Sonne schien und ihre Lieblingssongs spielten im Radio. Sie sangen laut mit und lachten.

„Ich freue mich schon so auf Salzburg und die Burg!", rief Lena über die Musik.

„Ich auch!", antwortete Andrea. „Ich habe gelesen, dass die Aussicht von der Burg fantastisch sein soll. Und ich habe gehört, das Wetter soll heute herrlich sein."

Sie fuhren weiter und folgten den Verkehrsschildern nach Salzburg. Nach einer Weile spürten sie, wie ihre Beine steif wurden und ihr Magen knurrte.

„Vielleicht sollten wir eine kurze Pause an einem Rastplatz machen?", schlug Lena vor.

„Das klingt gut", stimmte Andrea zu.

Einige Minuten später fanden sie einen Rastplatz. Sie parkten das Auto, streckten ihre Beine und aßen einige der Snacks, die Andrea gekauft hatte.

Während sie aßen, sagte Andrea: „Vielleicht sollten wir die Route zum Parkhaus unter der Burg überprüfen. Ich habe gelesen, dass es dort manchmal ziemlich voll sein kann."

Lena zückte ihr Handy und gab die Adresse ins Navigationssystem ein. „Es sagt, es sind nur noch 20 Minuten bis dahin. Und es sieht so aus, als gäbe es noch genug freie Parkplätze."

Das beruhigte sie. Sie stiegen wieder ins Auto und setzten ihre Reise fort.

Bald sahen sie die Schilder, die nach Salzburg wiesen. Die Stadt kam in Sicht, mit ihrer beeindruckenden Burg, die majestätisch über den Rest der Stadt thronte.

„Lass uns den Schildern zum Parkhaus folgen", sagte Lena und bog in Richtung Stadtzentrum ab.

Sie folgten den Schildern durch enge, kopfsteingepflasterte Straßen, bis sie schließlich das Eingangsschild zum Parkhaus sahen. Mit einem Gefühl der Erleichterung und Vorfreude fuhren sie hinein und begannen ihr Abenteuer in Salzburg.

Autobahn - highway, freeway

Benzin - gasoline, petrol

Burg - castle

Eingangsschild - entrance sign

Fahrt - journey, trip (Note: This word was previously covered but is included here for its importance in the context.)

Kassierer - cashier

knurrte (from "Magen knurrte") - growled (used in the context of a stomach growling)

kopfsteingepflasterte - cobblestone-paved

majestätisch - majestic

Navigationssystem - navigation system

Parkhaus - parking garage

Rastplatz - rest area, rest stop

Route - route

Schilder - signs

steif - stiff

tanken (related words: "Tankstelle", "Zapfsäulen", "Zapfhahn", "Tankdeckel") - to refuel (with related terms: "gas station", "fuel pumps", "pump nozzle", "fuel cap")

thronte - towered, perched

Verkehrsschilder - traffic signs

Vorfreude - anticipation

Wälder - forests

zücken - to pull out, whip out

zogen vorbei (from "zogen an ihnen vorbei") - passed by

3. Erkundung von Salzburg

Nachdem sie im Parkhaus angekommen waren, fand Lena schnell einen freien Parkplatz. Sie stellten das Auto ab und stiegen aus. Das Parkhaus, das tief unter der Burg gegraben war, war kühl und leicht feucht. Sie konnten das leise Echo ihrer Schritte hören, während sie zum Ausgang gingen.

Als sie ins Freie traten, wurden sie von der Schönheit der Altstadt Salzburgs begrüßt. Die engen, gepflasterten Straßen, die von historischen Gebäuden gesäumt wurden, schienen direkt aus einem Märchenbuch zu kommen. Die Sonne schien hell und es gab eine angenehme Brise, die durch die Straßen wehte.

Andrea konnte nicht anders, als ihre Begeisterung zum Ausdruck zu bringen. „Salzburg ist so schön, schau dir all diese historischen Gebäude an!", rief sie aus und zog Lena in Richtung eines kleinen Marktplatzes, auf dem verschiedene Stände Souvenirs verkauften.

Die beiden Frauen schlenderten von Stand zu Stand, bewunderten handgemachte Keramik, traditionelle österreichische Trachten und andere Andenken. Nach einigem Stöbern kauften sie ein paar Souvenirs: Andrea entschied sich für eine schöne Keramikschüssel und Lena für eine handgefertigte Brosche.

Mit ihren Einkäufen in der Hand setzten sie ihren Weg zur Burg fort. Sie folgten den Schildern und stiegen die steilen, gewundenen Wege hinauf. Schon bald erreichten sie das Eingangstor der Burg. Dort kauften sie Eintrittskarten für eine Führung. Der Führer, ein älterer Herr mit einem beeindruckenden Bart, führte sie durch die alten Hallen und Höfe und erzählte ihnen spannende Geschichten über die Geschichte der Burg.

Sie erfuhren, dass die Burg im Mittelalter erbaut wurde und im Laufe der Jahrhunderte immer wieder erweitert und umgebaut wurde. Sie diente als Verteidigungsanlage, Wohnsitz für Adelige und sogar als Gefängnis.

Nach der interessanten Führung führte sie ein kleiner Pfad zu einem Restaurant auf der Burg. Da sie mittlerweile ziemlich hungrig waren, beschlossen sie, dort zu Mittag zu essen. Sie setzten sich an einen Tisch auf der Terrasse und bestellten ein traditionelles österreichisches Gericht: Wiener Schnitzel mit Kartoffelsalat. Während sie aßen, konnten sie den atemberaubenden Blick auf Salzburg und die umliegende Landschaft genießen.

Lena lehnte sich zurück und sah sich um. „Dieser Ausflug war wirklich eine großartige Idee", sagte sie und nahm einen Schluck von ihrem Getränk. „Die Aussicht von hier oben ist einfach unglaublich."

Andrea stimmte zu. „Ja, es ist wirklich atemberaubend. Aber ich denke, wir sollten bald wieder in die Stadt zurückkehren. Es gibt noch so viel zu sehen!"

Nachdem sie ihr Mittagessen beendet hatten, machten sie sich auf den Weg zurück in die Stadt. Sie schlenderten durch die Straßen, besuchten einige Geschäfte und genossen die Atmosphäre der Stadt. Es war ein perfekter Tag, und sie waren froh, dass sie die Entscheidung getroffen hatten, Salzburg zu besuchen.

Altstadt - old town

Andenken - souvenirs

atemberaubend - breathtaking

Bart - beard

Brosche - brooch

Eingangstor - entrance gate

erweitert - expanded

Führung - guided tour

Gefängnis - prison

gewundenen Wege - winding paths

handgefertigte - handcrafted

hungrig - hungry

Keramikschüssel - ceramic bowl

Märchenbuch - fairy tale book

Mittelalter - Middle Ages

Pfad - path

Restaurant - restaurant

schlenderten - strolled, wandered

Schnitzel - schnitzel (a type of breaded meat)

säumt (from "gesäumt wurden") - lined

Terrasse - terrace

Trachten - traditional Austrian costumes

Umbau (from "umgebaut wurde") - renovation, conversion

Verteidigungsanlage - defense structure

Wiener Schnitzel mit Kartoffelsalat - Viennese schnitzel with potato salad

4. Einkaufen und Mozarthaus

Nach ihrem Besuch auf der Burg waren Andrea und Lena voller Energie, um die vielen Geschäfte und Boutiquen Salzburgs zu erkunden. Die Straßen waren belebt, und die beiden Frauen mischten sich unter die Einheimischen und Touristen, die durch die engen Gassen schlenderten.

Während sie durch die Geschäfte bummelten, stolperte Andrea über ein Geschäft, das traditionelle österreichische Kleidung verkaufte. Sie zog ein wunderschönes Dirndl aus dem Regal. „Das sieht so authentisch aus!", sagte sie begeistert und beschloss, es anzuprobieren. Im Umkleideraum schlüpfte sie in das Kleid, und als sie herauskam, war Lena beeindruckt. „Das steht dir ausgezeichnet!", lobte sie ihre Freundin. Andrea lächelte und entschied, das Dirndl zu kaufen.

Weiter in einem anderen Laden sah Lena ein handgemachtes Musikspielzeug, das Mozarts „Eine kleine Nachtmusik" spielte. „Das wäre das perfekte Geschenk für meine kleine Nichte!", sagte sie und kaufte das Souvenir.

Nachdem sie ihre Einkäufe erledigt hatten, beschlossen sie, eine Pause einzulegen. Sie fanden ein charmantes Café, das in einer ruhigen Ecke versteckt war. Hier genossen sie einen frisch gebrühten Kaffee und ein Stück Sachertorte.

Während sie entspannt im Café saßen, schlug Lena vor: „Wir sollten das Mozarthaus besuchen. Ich habe gehört, es ist ein Muss, wenn man in Salzburg ist, und es ist nicht weit von hier." Andrea nickte zustimmend: „Ja, das klingt nach einer großartigen Idee."

Das Mozarthaus, das Geburtshaus von Wolfgang Amadeus Mozart, war nur einen kurzen Spaziergang vom Café entfernt. Es war ein beeindruckendes Gebäude mit gelber Fassade, und vor dem Eingang stand eine Statue des berühmten Komponisten.

Im Inneren des Hauses wurden sie durch die verschiedenen Räume geführt, in denen Mozart gelebt und komponiert hatte. Sie sahen alte Musikinstrumente, Handschriften seiner berühmten Werke und persönliche Gegenstände. Es war faszinierend, so tief in das Leben eines der größten musikalischen Genies einzutauchen.

Andrea, die von der Atmosphäre des Hauses tief bewegt war, sagte: „Es ist wirklich beeindruckend, hier zu sein, wo Mozart aufgewachsen ist und seine ersten Werke komponiert hat."

Nach ihrem Besuch im Mozarthaus beschlossen sie, den Tag mit einem Abendessen in einem nahegelegenen Restaurant ausklingen zu lassen. Sie wählten ein gemütliches Lokal, das traditionelle österreichische Küche anbot. Während sie auf ihr Essen warteten, sprachen sie über ihren Tag und planten, was sie während des restlichen Teils ihres Aufenthalts in Salzburg unternehmen könnten.

„Dieser Tag war einfach wundervoll", sagte Lena, während sie in ihr Glas Weißwein blickte. „Ja, und morgen haben wir noch so viel vor uns!", antwortete Andrea mit einem Lächeln.

Mit vollen Bäuchen und Herzen voller schöner Erinnerungen kehrten sie schließlich zu ihrem Auto zurück, bereit, sich für den nächsten Tag voller Abenteuer auszuruhen.

belebt - busy, bustling

beschloss - decided

bewegt - moved, touched

Boutiquen - boutiques

bummelten - strolled, browsed

Dirndl - traditional Bavarian/Austrian dress

Einheimischen - locals

Fassade - facade

gebrühten (from "frisch gebrühten Kaffee") - brewed

Genies - geniuses

Geschäfte - shops

Geburtshaus - birthplace, birth house

Handschriften - manuscripts

Kleidung - clothing

komponiert - composed

Lokal - restaurant, pub

Mozarthaus - Mozart's house

Musikspielzeug - music toy

Nichte - niece

Regal - shelf

Sachertorte - a type of Austrian chocolate cake

Statue - statue

Umkleideraum - changing room, fitting room

Weißwein - white wine

zustimmend - approvingly, in agreement

5. Rückfahrt und Abschluss

Die untergehende Sonne färbte den Himmel über Salzburg in warmen Orange- und Rosatönen, als Lena und Andrea sich auf den Rückweg machten. Die beiden Frauen, die den ganzen Tag die historische Stadt erkundet hatten, waren müde, aber ihr Geist war erfüllt von all den schönen Erinnerungen, die sie gesammelt hatten.

Sie schlenderten durch die Altstadt zurück zum Parkhaus. Ihre Schritte hallten auf den Kopfsteinpflasterstraßen wider, und obwohl ihre Beine von einem Tag voller Erkundungen schmerzten, trugen sie ihre Einkaufstüten mit einem Lächeln im Gesicht.

Als sie das Auto erreichten, packte Andrea den Autoschlüssel aus ihrer Tasche. „Was für ein Tag!", seufzte sie, während sie die Tür aufschloss. „Salzburg hat meine Erwartungen wirklich übertroffen."

Lena setzte sich auf den Fahrersitz und startete den Motor. „Ich kann dir nur zustimmen. Es gibt etwas Magisches an dieser Stadt", antwortete sie, während sie den Rückspiegel einstellte.

Die Fahrt auf der Autobahn war ruhig, und sie nutzten die Gelegenheit, um über ihre Lieblingsmomente des Tages zu sprechen. Andrea schwärmte von dem herrlichen Mittagessen, das sie auf der Burg genossen hatten. „Die Kombination aus leckerem Essen und dieser atemberaubenden Aussicht war einfach unschlagbar!", sagte sie.

Lena nickte zustimmend, fügte jedoch hinzu: „Aber das Mozarthaus... das war für mich das absolute Highlight. Es hat mich wirklich berührt, an einem Ort zu sein, der so viel musikalische Geschichte in sich trägt."

Die beiden plauderten weiter, und bevor sie es bemerkten, waren sie schon bald wieder in ihrer Heimatstadt. Lena steuerte das Auto zum Mietwagenzentrum, wo sie das Fahrzeug zurückgaben.

Während Andrea die Rückgabeformalitäten erledigte, sagte Lena: „Weißt du, was das Beste an diesem Ausflug war? Nicht nur die Stadt selbst, sondern die Tatsache, dass wir diese Erfahrung zusammen geteilt haben."

Andrea lächelte und umarmte ihre Freundin. „Du hast absolut recht. Es sind solche Erlebnisse, die unsere Freundschaft so besonders machen. Ich hoffe, wir können bald wieder so einen Ausflug unternehmen."

Lena lächelte zurück und antwortete: „Ich auch. Und egal wohin unsere nächste Reise geht, ich bin sicher, sie wird genauso unvergesslich sein."

Mit diesen Worten verließen die beiden Freundinnen das Mietwagenzentrum, ihre Herzen gefüllt mit Dankbarkeit für die gemeinsam verbrachte Zeit und Vorfreude auf das nächste Abenteuer, das vor ihnen lag.

Abschluss - conclusion, ending

Autobahn - highway, motorway

Autoschlüssel - car key

Dankbarkeit - gratitude

erfüllt - fulfilled, filled

Erwartungen - expectations

Fahrersitz - driver's seat

färbte - colored, tinted (from "färbte den Himmel")

gefüllt - filled

Genuss - pleasure (from "genossen")

heimatstadt - hometown

Kopfsteinpflasterstraßen - cobblestone streets

Mietwagenzentrum - rental car center

Rückfahrt - return journey, drive back

Rückgabeformalitäten - return formalities

Rückspiegel - rearview mirror

seufzte - sighed

schwärmte - raved, enthused

steuerte - steered, directed (from "steuerte das Auto")

Tatsache - fact

trägt - carries (from "in sich trägt")

umarmte - hugged

untergehende (from "untergehende Sonne") - setting (as in setting sun)

unschlagbar - unbeatable

Vorfreude - anticipation

Die Drogerie

1. Leas neues Zuhause

Lea stand in der Tür ihrer neuen Wohnung und spürte, wie Aufregung durch ihre Adern strömte. Sie warf einen Blick hinein und sah leere Räume, die nur darauf warteten, von ihr eingerichtet und belebt zu werden. Die hellen Wände reflektierten das Licht des Tages, und der Holzboden verströmte einen warmen und einladenden Glanz. Es war das erste Mal, dass Lea eine eigene Wohnung hatte, und sie konnte es kaum erwarten, sie zu ihrem Zuhause zu machen.

Sie trat ein und stellte ihre Umzugskisten ab. „Wo fange ich an?", dachte sie, als sie den Raum betrachtete. Obwohl die Wohnung nicht groß war, hatte sie für Lea die perfekte Größe. Es war ein gemütliches Plätzchen, in das sie sich zurückziehen konnte.

Während sie einige Kisten auspackte, bemerkte sie, dass sie viele alltägliche Dinge vergessen hatte, die in einer neuen Wohnung notwendig sind. „Oh nein, ich habe so viele Sachen vergessen!", rief sie aus. Sie setzte sich hin und zog ein Notizbuch aus ihrer Tasche, um eine Liste der Dinge zu schreiben, die sie noch benötigte: Seife, Shampoo, Zahnbürste, Handtücher...

Mit der fertigen Liste in der Hand, schnappte sie sich ihre Tasche und den Schlüssel. „Jetzt geht es zur Drogerie", dachte sie. Sie hatte sich vorgenommen, alles Nötige für ihre Wohnung zu besorgen, bevor der Tag zu Ende ging.

Als sie den Flur hinunterging, bemerkte sie einen jungen Mann, der gerade seine Wohnungstür abschloss. Er schien in ihrem Alter zu sein und trug eine Sporttasche. „Er muss auch gerade eingezogen sein", dachte sie.

„Hi, ich bin Tom", sagte er mit einem freundlichen Lächeln, „ich glaube, wir sind Nachbarn."

„Hi, ich bin Lea", antwortete sie. „Ja, ich ziehe gerade in die Wohnung nebenan."

„Das ist toll! Willkommen im Gebäude!", sagte Tom. „Wohin gehst du?"

„Ich muss zur Drogerie. Ich habe ein paar Dinge vergessen und muss noch einkaufen", erklärte Lea.

Tom lächelte. „Da habe ich gute Nachrichten für dich. Es gibt eine tolle Drogerie gleich um die Ecke. Ich gehe auch dorthin, um ein paar Sachen zu besorgen. Wenn du möchtest, kann ich dir den Weg zeigen."

Das Angebot war wie ein Geschenk des Himmels für Lea, die sich in der neuen Stadt noch nicht gut auskannte. „Das wäre wirklich nett von dir. Danke!", antwortete sie mit einem erleichterten Lächeln.

Während sie zusammen zur Drogerie gingen, kamen sie ins Gespräch über ihre Herkunft, ihre Arbeit und was sie in diese Stadt gezogen hatte. Es stellte sich heraus, dass sie vieles gemeinsam hatten, und das Gespräch war eine angenehme Ablenkung von dem Stress des Umzugs.

Als sie die Drogerie erreichten, hielt Tom die Tür für Lea auf. „Nach dir", sagte er mit einem Lächeln.

„Dankeschön!", antwortete Lea und trat ein.

Die beiden neuen Nachbarn hatten keine Ahnung, dass dieser einfache Gang zur Drogerie der Beginn einer tiefen Freundschaft sein würde. Aber das ist eine Geschichte für ein anderes Kapitel.

Adern - veins

Ablenkung - distraction

alltägliche - everyday

bemerkte - noticed

besorgen - to get, fetch

Drogerie - drugstore

eingerichtet - furnished, set up

einladenden - inviting

erleichterten - relieved

Geschenk des Himmels - gift from heaven (idiomatic expression)

Herkunft - origin, background

Nachbarn - neighbors

Notizbuch - notebook

reflektierten - reflected

Sachen - things, stuff

Sporttasche - sports bag

Umzugskisten - moving boxes

vergessen - forgot

verströmte - emanated, gave off

Weg zeigen - show the way

zurückziehen - to retreat, withdraw

2. Einkaufsabenteuer in der Drogerie

Die Glocke über der Tür läutete, als Lea und Tom die Drogerie betraten. Ein Meer aus Farben und Produkten breitete sich vor ihnen aus. Lea stand für einen Moment still und betrachtete die riesigen Regale, die sich bis zur Decke erstreckten. „Wo soll ich anfangen?", dachte sie, während sie sich an die Sachen auf ihrer Liste erinnerte.

Tom bemerkte ihre Zögerlichkeit und sagte: „Es kann anfangs überwältigend sein, aber du wirst schnell das finden, was du suchst. Die Anordnung hier ist ziemlich logisch."

Lea nickte und begann, ihre Liste abzuarbeiten. Sie legte eine Flasche Seife, ein Fläschchen Shampoo und eine neue Haarbürste in ihren Einkaufswagen. Während sie weiterging, beobachtete Tom sie und schlug einige Produkte vor: „Probier dieses Shampoo hier aus. Es riecht wirklich gut und ist auch gut fürs Haar."

Lea lachte. „Ich wusste nicht, dass du so ein Experte für Haarpflegeprodukte bist!"

Tom grinste schelmisch. „Nun, ich habe eine Schwester, und sie lässt mich nie vergessen, welche Produkte die besten sind."

Sie setzten ihren Einkauf fort und legten weitere Gegenstände wie eine Zahnbürste, Zahnpasta und flauschige Handtücher in den Wagen. Es war deutlich zu sehen, dass Lea die Drogerie für ihre Erstausstattung nutzte, und Tom fand es unterhaltsam, ihr bei der Auswahl zu helfen.

Als sie an der Kasse ankamen und sich in der Schlange anstellten, kramte Lea in ihrer Tasche herum, um ihr Portemonnaie zu finden. Ihr Gesicht verfärbte sich, als sie realisierte, dass sie es in ihrer Wohnung vergessen hatte. „Oh nein, ich habe mein Portemonnaie vergessen!", sagte sie mit einem ängstlichen Blick.

Tom bemerkte ihre Panik und sagte: „Mach dir keine Sorgen, ich kann das für dich bezahlen. Du kannst mir das Geld einfach später zurückgeben."

Lea sah ihn dankbar an. „Bist du sicher? Das ist wirklich nett von dir."

Tom lächelte. „Kein Problem. Das ist es, was Nachbarn tun, oder?"

Die Kassiererin scannte die Artikel und nannte den Gesamtbetrag. Tom holte seine Geldbörse heraus und bezahlte den Betrag. Er nahm das Wechselgeld und den Kassenbon, packte die Einkaufstaschen und gab eine Lea.

Als sie die Drogerie verließen, war die Sonne bereits am Untergehen. Die Straßenlaternen warfen ein sanftes Licht auf den Weg zurück zu ihrem Gebäude. Lea atmete tief durch und sagte: „Vielen Dank, Tom. Ehrlich gesagt, ohne dich wäre dieser Einkaufstrip ein Desaster geworden."

Tom lachte und schaute sie an. „Wie ich schon sagte, kein Problem. Außerdem war es nett, ein bisschen Gesellschaft beim Einkaufen zu haben."

Die beiden plauderten weiter, während sie den kurzen Weg zurück zur Wohnung gingen. Als sie das Gebäude erreichten, hielt Tom die Tür für Lea auf. „Danke für heute, Tom. Ich schulde dir einen Gefallen", sagte sie mit einem dankbaren Lächeln.

„Das ist nicht nötig. Aber wenn du jemals wieder in eine Einkaufspanik gerätst, weißt du, wo du mich findest", scherzte er.

Sie lachten beide und verabschiedeten sich, jeder in seine eigene Wohnung. Lea schloss die Tür hinter sich und atmete tief durch. „Was für ein Tag!", dachte sie, während sie anfing, ihre neuen Sachen auszupacken. Aber trotz des kleinen Missgeschicks fühlte sie sich glücklich und dankbar für ihren neuen Nachbarn und Freund.

Anordnung - arrangement, layout

betreten - entered

bezahlen - to pay

Einkaufspanik - shopping panic

Einkaufstrip - shopping trip

Erstausstattung - initial equipment or basic needs

flauschige - fluffy

Gegenstände - items, objects

Kasse - checkout, cash register

Kassiererin - cashier (female)

Missgeschick - mishap, accident

Portemonnaie - wallet

3. Neuanfang und neue Freundschaften

Mit einem Seufzer der Zufriedenheit begann Lea, ihre Einkäufe in der kleinen, aber gemütlichen Küche ihrer neuen Wohnung auszupacken. Jeder Artikel, den sie auf die Anrichte legte, war ein kleines Puzzlestück ihres neuen Lebens. Doch obwohl sie glücklich über den Umzug war, wurde ihr bewusst, wie herausfordernd es sein kann, sich in einer neuen Stadt zurechtzufinden. Besonders, wenn man alles neu kaufen und von Grund auf beginnen muss.

Während sie ihre neue Zahnbürste und die Zahnpasta im Badezimmer verstaute, hörte sie ein leises Klopfen an ihrer Tür. „Wer könnte das sein?", dachte sie. Als sie die Tür öffnete, fand sie Tom mit einem hausgemachten Kuchen in den Händen.

„Ich dachte, du könntest etwas zum Einziehen gebrauchen. Es ist ein Apfelkuchen. Ich hoffe, du magst Äpfel", sagte er mit einem schüchternen Lächeln.

Leas Augen leuchteten vor Überraschung und Freude. „Das ist so lieb von dir, Tom! Komm rein."

Sie nahm den Kuchen und führte Tom in ihre kleine Küche. Während sie Teller und Besteck aus einem Karton fischte, sagte sie: „Du weißt wirklich, wie man jemanden in der Nachbarschaft willkommen heißt."

Tom lachte. „Ich erinnere mich nur daran, wie es war, als ich hierher gezogen bin. Ein kleines Willkommensgeschenk kann viel bewirken."

Sie setzten sich an den kleinen Küchentisch, und während sie den köstlichen Kuchen aßen, begannen sie, tiefer ins Gespräch zu kommen. Tom erzählte von seiner Arbeit als Grafikdesigner und wie er sich für die Kunst interessiert hatte, seit er ein kleiner Junge war. Lea erzählte von ihrem Wunsch, in der Stadt Journalismus zu studieren und wie sie hoffte, eines Tages eine erfolgreiche Journalistin zu werden.

„Wenn du jemals jemanden brauchst, der deine Artikel überfliegt, bin ich dein Mann!", scherzte Tom.

Lea lachte. „Danke, das werde ich mir merken!"

Während die Stunden vergingen, tauschten sie Geschichten, Träume und Hoffnungen für die Zukunft aus. Trotz der kurzen Zeit, die sie sich kannten, entstand zwischen ihnen eine tiefe Verbindung. Es war, als ob das Schicksal sie zusammengebracht hätte.

Lea lehnte sich in ihrem Stuhl zurück und schaute Tom an. „Weißt du, ich war wirklich nervös wegen des Umzugs. Aber jetzt, da ich dich getroffen habe, fühlt sich alles so viel leichter an."

Tom lächelte warm. „Das ist das Schöne an neuen Anfängen. Sie können unerwartet und herausfordernd sein, aber sie bringen auch neue Freunde und Abenteuer mit sich."

Als der Abend sich dem Ende neigte und der Kuchen fast aufgegessen war, stand Tom auf und streckte sich. „Ich sollte wohl gehen. Aber wenn du jemals jemanden zum Reden brauchst oder mehr Kuchen essen möchtest, weißt du, wo du mich findest."

Lea lächelte dankbar. „Das werde ich mir merken. Vielen Dank, Tom. Für alles."

Nachdem Tom gegangen war, ließ sich Lea auf ihr Sofa fallen und dachte über den Tag nach. Sie erkannte, dass dieser Umzug nicht nur der Beginn eines neuen Kapitels in ihrem Leben war, sondern auch der Beginn einer wunderbaren neuen Freundschaft. Mit einem Lächeln auf den Lippen dachte sie: „Vielleicht ist es gar nicht so schlecht, in einer neuen Stadt alleine zu sein, solange man gute Nachbarn hat." Und mit diesem beruhigenden Gedanken schlief sie ein, bereit für die vielen neuen Abenteuer, die ihr neues Leben bringen würde.

Anrichte - counter, sideboard

beruhigenden - comforting

Einziehen - moving in

Gemütlichen - cozy, comfortable

Grafikdesigner - graphic designer

hausgemachten - homemade

herausfordernd - challenging

Journalismus - journalism

Journalistin - journalist (female)

Karton - cardboard box

leuchteten - lit up, shone

Neuanfang - new beginning

Seufzer - sigh

Schicksal - destiny, fate

schüchternen - shy

streckte - stretched

tauschten - exchanged

überfliegt - skims, glances over

Zufriedenheit - satisfaction

In der Disco

1. Der Plan

Anna und Lukas sind seit ihrer gemeinsamen Zeit im Gymnasium beste Freunde. Ihre Freundschaft hat den Test der Zeit bestanden, trotz verschiedener Lebenspfade und Herausforderungen. Sie verbringen zwar nicht so viel Zeit miteinander, wie sie es gerne würden, aber wenn sie zusammen sind, fühlt es sich an, als ob keine Zeit verstrichen wäre.

An einem klaren Samstagnachmittag sitzen Anna und Lukas in einem Café in der Stadtmitte. Über Tassen mit dampfendem Kaffee sprechen sie von den guten alten Zeiten und den vielen Abenteuern, die sie gemeinsam erlebt haben.

„Weißt du noch, wie wir jeden Freitagabend in der Disco waren und bis in die frühen Morgenstunden getanzt haben?" fragt Anna mit einem schelmischen Lächeln.

Lukas lacht. „Ja, das waren Zeiten! Es ist so lange her, seit wir zuletzt tanzen waren. Was hältst du davon, wenn wir das heute Abend wiederholen?"

Anna sieht ihn überrascht an. „Meinst du das ernst?"

„Natürlich! Lass uns in die Disco gehen, so wie früher," schlägt Lukas vor.

Anna überlegt einen Moment und stimmt dann zu. „Aber bevor wir tanzen gehen, sollten wir uns zuerst in unserem Lieblingsrestaurant treffen. Erinnerst du dich an den Ort, an dem wir immer Pizza gegessen haben?"

„Das ‘La Dolce Vita’? Natürlich erinnere ich mich! Lass uns dort hin gehen," sagt Lukas.

Am Abend treffen sich Anna und Lukas im „La Dolce Vita". Sie bestellen ihre Lieblingspizza und stoßen mit einem Glas Rotwein auf die alten Zeiten an. Sie sprechen über alles Mögliche, von Arbeit bis Beziehungen, und genießen die Gesellschaft des anderen.

Nach dem Essen machen sie sich auf den Weg zur Disco. Als sie eintreten, fällt ihnen sofort auf, wie sehr sich der Ort verändert hat. Die Musik ist moderner, die Lichter heller und die Leute sind definitiv jünger. Aber das hält sie nicht davon ab, Spaß zu haben.

Sie bestellen sich jeweils einen Cocktail an der Bar. „Auf uns und auf alte Erinnerungen!" sagt Anna und hebt ihr Glas. Lukas stimmt zu und sie trinken beide.

Nach ein paar Cocktails wagen sie sich auf die Tanzfläche. Sie tanzen zu den Beats der Musik, lachen und haben eine großartige Zeit.

Plötzlich, mitten im Tanzen, bemerkt Anna jemanden am Rand der Tanzfläche. Es ist Max, ein alter Schulfreund. Sie winkt ihm zu und er kommt auf sie zu.

„Anna, Lukas! Wie lange ist es her?" ruft Max und umarmt sie beide.

„Max! Es ist wirklich eine Ewigkeit her! Wie geht es dir?" fragt Lukas.

Max lacht. „Mir geht es gut! Ich bin nur für das Wochenende in der Stadt. Es ist so toll, euch beide hier zu sehen!"

Die drei setzen sich an einen Tisch und reden über die alten Zeiten, ihre gegenwärtigen Leben und wie sehr sie sich verändert haben. Es ist, als ob die Zeit stehen geblieben wäre, als ob sie immer noch die jungen, sorglosen Teenager wären, die sie einmal waren.

Der Abend fliegt vorbei, und bevor sie es merken, ist es Zeit zu gehen. Sie verlassen die Disco, fest entschlossen, sich öfter zu treffen und mehr solcher Nächte zu verbringen.

„Es war so toll, dich wiederzusehen, Max," sagt Anna, als sie sich verabschieden.

„Das gleiche gilt für dich und Lukas. Lasst uns das bald wieder tun," sagt Max.

Die drei umarmen sich und gehen in verschiedene Richtungen, aber mit dem Wissen, dass ihre Freundschaft immer Bestand haben wird.

Bar - bar (where drinks are served)

Beats - beats (rhythm in music)

Beziehungen - relationships

Café - café (a type of coffeehouse)

Cocktail - cocktail (a mixed drink)

Disco - disco, nightclub

Eintreten - enter, come in

Erinnerungen - memories

Gesellschaft - company (in the sense of companionship)

Gymnasium - high school (secondary school that prepares students for university)

Herausforderungen - challenges

Lichter - lights

Morgenstunden - early morning hours

Rotwein - red wine

Samstagnachmittag - Saturday afternoon

schelmischen - mischievous

Stadtmitte - city center, downtown

stoßen (auf) - toast (as in raising glasses in celebration)

Tanzfläche - dance floor

Teenager - teenager

überrascht - surprised

verbringen - spend (time)

wagen - dare, venture

winkt - waves (as in greeting)

2. Überraschende Begegnungen

Die Wiederbegegnung mit Max war für Anna und Lukas ein freudiges Ereignis, das sie nicht erwartet hatten. Das letzte Mal, als sie ihn gesehen hatten, war bei ihrem Abschlussfest am Gymnasium, und es fühlte sich an, als ob es erst gestern gewesen wäre.

Nachdem sie ihre erste Überraschung überwunden hatten, setzten sich die drei an einen freien Tisch in der Ecke der Disco. Hier konnten sie ungestört reden und trotzdem das Treiben auf der Tanzfläche beobachten. Die farbenfrohen Lichter der Disco beleuchteten ihre Gesichter, während sie über alte Zeiten sprachen und Geschichten austauschten.

„Du bist also jetzt in Berlin?" fragte Anna neugierig.

Max nickte. „Ja, ich arbeite dort als Softwareentwickler. Es ist eine aufregende Stadt, aber manchmal vermisse ich unsere kleine Stadt hier."

Lukas lachte und klopfte Max auf den Rücken. „Du hast wirklich immer das Großstadtleben geliebt, oder?"

Max grinste. „Auf jeden Fall. Aber erzähl, was ist aus euch beiden geworden?"

Bevor Anna oder Lukas antworten konnten, erinnerte sich Lukas an eine besondere Nacht von früher. „Erinnerst du dich an unseren Abschlussball? Anna, du hattest dieses rote Kleid an und Max, du hast versucht, den Schulleiter mit deinem Tanz zu beeindrucken."

Max lachte laut. „Oh ja! Das war wirklich eine verrückte Nacht. Ich habe versucht, den Moonwalk zu machen, und bin fast über meine eigenen Füße gestolpert!"

Anna konnte sich auch erinnern und musste lachen. „Das war wirklich lustig. Und Lukas, du warst der DJ für die Nacht. Deine Musikauswahl hat uns alle auf die Tanzfläche gebracht.“

Während sie lachten und sich an die alten Zeiten erinnerten, winkte Anna den Kellner heran und bestellte eine Runde Cocktails für sie alle. Als die Getränke ankamen, hoben sie ihre Gläser. „Auf die guten alten Zeiten und auf die Zukunft!“ sagte Anna und sie stießen an.

Während sie ihren Cocktail genossen und sich weiter unterhielten, bemerkte Anna einen Mann, der am anderen Ende der Bar stand und sie intensiv beobachtete. Er war groß, hatte dunkles Haar und trug ein schickes Hemd. Jedes Mal, wenn sie hinsah, schien er ihren Blick zu suchen.

Sie beugte sich zu Lukas und flüsterte: „Siehst du den Mann dort drüben? Er schaut die ganze Zeit in unsere Richtung.“

Lukas sah in die Richtung, die Anna ihm zeigte, und zuckte mit den Schultern. „Vielleicht kennt er jemanden hier und sucht nach ihm.“

Aber Max, der ihren Gesprächen zugehört hatte, wurde plötzlich ernst. „Das ist David,“ sagte er leise.

„David? Kennst du ihn?“ fragte Anna neugierig.

Max nickte. „Ja, wir haben zusammen in Berlin gearbeitet. Aber warum er hier ist, ist mir ein Rätsel.“

Lukas schlug vor: „Vielleicht sollten wir rübergehen und ihn begrüßen. Es ist immer gut, alte Bekannte zu treffen.“

Mit gemischten Gefühlen standen die drei auf und gingen auf David zu. Sie waren gespannt, was dieser Abend noch für sie bereithalten würde.

Anna war etwas unsicher. „David, richtig? Aus unserer Parallelklasse?“

David nickte. „Genau. Ich kann mich noch gut an unsere Schulzeit erinnern. Besonders an Lukas' berühmte DJ-Auftritte und Max' Versuche, den Schulleiter zu beeindrucken."

Lukas lachte laut. „Oh, ich hatte völlig vergessen, dass du auch dabei warst! Und deine Frisur damals, man, das war wirklich etwas Besonderes!"

David lachte und strich sich durch sein mittlerweile kürzeres Haar. „Ja, das waren wilde Zeiten. Ich glaube, ich wollte einfach auffallen."

Die vier lachten und bestellten eine weitere Runde Drinks. Die Atmosphäre war gelöst, als sie über alte Zeiten plauderten, über die Lehrer, die Schulfeste und die Streiche, die sie gespielt hatten.

Während sie sprachen, schaute David Anna oft an. Es war ein Blick, der mehr sagte, als Worte es könnten. Nach einer Weile räusperte er sich und sagte: „Weißt du, Anna, es gab da etwas, das ich dir schon immer sagen wollte."

Anna sah ihn neugierig an. „Was denn?"

David nahm einen tiefen Atemzug. „Ich war damals in der Schule heimlich in dich verliebt."

Anna war sichtlich überrascht und ihre Wangen röteten sich ein wenig. „Ehrlich gesagt, das hätte ich nie gedacht!"

David lächelte schüchtern. „Ich war zu schüchtern, es dir zu sagen. Aber ich habe immer gehofft, dass wir uns wiedersehen würden, und heute ist dieser Tag gekommen."

Lukas und Max, die das Gespräch verfolgt hatten, sahen sich mit einem Grinsen an. „Das erklärt, warum du immer in der Nähe warst, wenn wir unsere Pausen hatten," lachte Lukas.

David nickte. „Ja, ich habe versucht, in deiner Nähe zu sein, Anna, aber ich hatte nie den Mut, dir meine Gefühle zu gestehen."

Anna lächelte. „Das ist wirklich süß von dir. Aber weißt du, das Leben geht manchmal seltsame Wege. Vielleicht war es damals nicht der richtige Zeitpunkt."

Die Gruppe lachte über die unerwartete Wendung des Abends und beschloss, den Rest der Nacht auf der Tanzfläche zu verbringen. Sie tanzten zu alten und neuen Hits, lachten und hatten einfach eine gute Zeit. Es war, als ob die Jahre, die vergangen waren, keine Rolle spielten und sie wieder Teenager waren.

Als die Uhr näher an Mitternacht rückte, wurden sie alle ein bisschen müde. David bestellte eine letzte Runde Getränke für alle und sie stießen an. „Auf alte Freundschaften und neue Anfänge," sagte er.

Als die Disco schließlich die Lichter einschaltete und die Musik stoppte, verabschiedeten sich die vier Freunde voneinander. „Das war wirklich eine tolle Nacht," sagte Anna und umarmte jeden von ihnen. „Wir sollten das wirklich öfter machen."

Lukas, Max und David stimmten zu. „Auf jeden Fall! Das war wie eine Reise in die Vergangenheit."

Mit dem Versprechen, in Kontakt zu bleiben und solche Nächte öfter zu wiederholen, gingen sie in unterschiedliche Richtungen, aber mit dem Gefühl, dass ihre Freundschaft stärker war als je zuvor.

Abschlussball - prom/ball

Abschlussfest - graduation party

ankamen - arrived

aufregende Stadt - exciting city

beleuchteten - illuminated

beobachtete - observed/watched

berühmte DJ-Auftritte - famous DJ performances

einschaltete - turned on

farbenfrohen Lichter - colorful lights

flüsterte - whispered

freudiges Ereignis - joyful event

gemischten Gefühlen - mixed feelings

gestehen - confess/admit

gestolpert - tripped

Großstadtleben - city life

Hits - hits (popular songs)

Kellner - waiter

Mitternacht - midnight

Moonwalk - moonwalk (specific dance move)

Rätsel - mystery

röteten - reddened/blushed

Schulleiter - school principal

Softwareentwickler - software developer

Streiche - pranks

Überraschung - surprise

überwunden - overcome

verabschiedeten sich - said goodbye

Versprechen - promise

Wendung - turn/twist (in the context, unexpected twist)

Wiederbegegnung - reunion

zuckte mit den Schultern - shrugged

Die neue Wohnung

1. Die Wohnungssuche

Paula war aufgeregt und auch ein wenig besorgt. Seit sie ihren neuen Job in der Stadt angenommen hatte, war die Wohnungssuche ihr größtes Anliegen. Sie hatte gehört, dass es in der Stadt nicht einfach sei, eine gute und bezahlbare Wohnung zu finden. Also begann sie, so viele Immobilien-Websites wie möglich zu durchstöbern.

An einem kühlen Dienstagmorgen, während sie genüsslich ihren Kaffee trank, stolperte Paula über eine interessante Anzeige. Sie notierte sich die Telefonnummer des Maklers und rief sofort an.

„Guten Tag, ich habe Ihr Angebot auf der Website gesehen. Ist die Wohnung noch verfügbar?", fragte Paula hoffnungsvoll.

„Ja, die Wohnung ist noch frei. Mein Name ist Herr Müller. Würden Sie sie gerne besichtigen?", antwortete der Makler freundlich.

Nachdem sie einen Besichtigungstermin vereinbart hatten, machte sich Paula auf den Weg zum Wohnhaus. Das Gebäude beeindruckte sie. Es war groß, hatte fünf Stockwerke und einen modernen Aufzug – ein großer Pluspunkt für Paula.

Kaum hatte sie das Gebäude betreten, wurde sie von einem freundlichen Mann mittleren Alters begrüßt. „Hallo! Sie müssen Paula sein. Ich bin Herr Schmidt, der Hausmeister. Herr Müller hat mir von Ihrem Besuch erzählt."

„Hallo, Herr Schmidt! Es ist nett, Sie kennenzulernen", erwiderte Paula mit einem Lächeln.

Während sie die Treppe hinaufgingen, zeigte Herr Schmidt Paula den Keller, in dem der Stromzähler und der Wasserzähler untergebracht waren. Er erklärte ihr, wie sie die Zählerstände ablesen und an das Versorgungsunternehmen weitergeben konnte.

Endlich erreichten sie die Wohnung im dritten Stock. Paula war sofort beeindruckt. Die Zimmer waren hell und geräumig, und das

Wohnzimmer bot einen atemberaubenden Blick über die Stadt. Ein weiterer Bonus war die Zentralheizung – perfekt für die kalten Wintermonate.

Paula konnte es kaum erwarten, sich in dieser Wohnung niederzulassen. Als Herr Müller eintraf, besprachen sie den Mietvertrag. Er erläuterte die Bedingungen, die monatliche Miete und weitere Details. Nach einer kurzen Verhandlung stimmten beide Seiten den Bedingungen zu.

„Herzlichen Glückwunsch, Paula! Hier sind die Schlüssel zu Ihrer neuen Wohnung", sagte Herr Müller und reichte ihr einen Schlüsselbund.

„Vielen Dank, Herr Müller! Ich bin so aufgeregt", antwortete Paula, ihre Augen funkelten vor Freude.

Bevor sie das Gebäude verließ, gab Herr Schmidt ihr noch einen letzten Ratschlag. „Paula, ich würde Ihnen empfehlen, den Zylinder der Wohnungstür auszutauschen. Der Vormieter hatte viele Schlüssel gemacht und es wäre sicherer, wenn Sie einen neuen hätten."

„Das werde ich auf jeden Fall tun. Danke für den Tipp, Herr Schmidt", erwiderte Paula und machte sich mit einem Lächeln im Gesicht auf den Heimweg. Sie war überglücklich und konnte es kaum erwarten, in ihre neue Wohnung zu ziehen.

Angebot - offer

Anzeige - advertisement

aufgeregt - excited

Aufzug - elevator

besichtigen - to view/inspect

Besichtigungstermin - viewing appointment

durchstöbern - to browse/comb through

erwiderte - replied

freundlich - friendly

genüsslich - with pleasure/enjoyment

Hausmeister - caretaker/janitor

Immobilien-Websites - real estate websites

Makler - real estate agent

Mietvertrag - rental agreement

Ratschlag - advice

Stromzähler - electricity meter

Versorgungsunternehmen - utility company

Wasserzähler - water meter

Wohnungssuche - apartment search

Zentralheizung - central heating

Zimmer - room

Zylinder (der Wohnungstür) - cylinder (of the apartment door)

Zählerstände ablesen - read meter readings

2. Der Umzug

Es war ein aufregender Morgen für Paula. Nachdem sie ihre neue Wohnung gefunden hatte, hatte sie die vergangenen Tage damit verbracht, ihre Sachen zu packen. Jeder Karton war sorgfältig beschriftet: Bücher, Kleidung, Küchenutensilien und vieles mehr. Sie hatte sich sogar an den lokalen Umzugsservice gewandt und einen Umzugswagen gemietet, um den Prozess reibungsloser zu gestalten.

Während sie ihre letzten Sachen in Kartons legte, klingelte ihr Telefon. Es war ihr alter Vermieter. „Hallo Paula, ich hoffe, dein Umzug läuft gut. Denk daran, mir die Schlüssel zu geben, bevor du gehst", sagte er.

„Natürlich, ich bringe sie vorbei, sobald alles im Wagen ist", antwortete Paula.

Kurz darauf klopfte es an der Tür. Paula öffnete sie und wurde von ihrem besten Freund Markus begrüßt, der mit einem breiten Lächeln sagte: „Bereit für das große Abenteuer?"

„Mit deiner Hilfe auf jeden Fall", antwortete Paula lachend.

Gemeinsam luden sie die Kartons in den Umzugswagen. Dank des Aufzugs im neuen Gebäude war das Hochtragen der Kartons kein allzu großes Problem. Paula war erleichtert, dass sie nicht in den fünften Stock ziehen musste, wie sie es bei ihrer vorherigen Wohnung getan hatte.

Als sie die Kartons in ihrer neuen Wohnung auspackten, fiel Paula plötzlich auf, dass es ziemlich kalt war. Sie versuchte, die Heizung einzuschalten, aber sie funktionierte nicht.

„Oh nein, nicht jetzt", seufzte Paula.

Markus schlug vor, den Hausmeister anzurufen, und Paula griff sofort zum Telefon. „Hallo, Herr Schmidt? Hier ist Paula aus dem dritten Stock. Meine Heizung scheint nicht zu funktionieren."

Herr Schmidt antwortete: „Ich komme sofort vorbei."

Wenige Minuten später klopfte er an der Tür. Nachdem er die Heizung überprüft hatte, stellte er fest, dass lediglich ein Ventil verklemmt war. Er drehte es, und warme Luft strömte aus den Heizkörpern.

„Vielen Dank, Herr Schmidt. Sie sind wirklich ein Lebensretter", sagte Paula erleichtert.

„Kein Problem. Rufen Sie mich einfach an, wenn Sie weitere Hilfe benötigen", antwortete er und verließ die Wohnung.

Paula erinnerte sich an den Ratschlag von Herrn Schmidt, den Zylinder der Tür auszutauschen. „Markus, meinst du, wir sollten jetzt zum Baumarkt gehen und den Zylinder tauschen?"

Markus nickte zustimmend. „Besser jetzt als später."

Im Baumarkt suchten sie nach dem passenden Zylinder und kauften auch noch ein paar zusätzliche Dinge für die Wohnung. Als sie zurückkehrten, tauschten sie den Zylinder problemlos aus.

Nachdem sie den Großteil der Kartons ausgepackt hatten, war es bereits spät geworden. Hungrig und müde beschlossen sie, Pizza zu bestellen. Paula fand eine Pizzeria in der Nähe und bestellte zwei große Pizzen.

Als sie aßen, stießen sie mit einem Glas Wein auf Paulas neuen Lebensabschnitt an. „Auf Neuanfänge", sagte Markus.

„Und auf gute Freunde, die helfen", fügte Paula hinzu.

Es war spät, als Markus sich auf den Heimweg machte. „Vielen Dank für heute, Markus. Ich weiß das wirklich zu schätzen."

„Das mache ich doch gerne für dich", antwortete er.

Gerade als Markus die Wohnung verlassen wollte, bemerkte er einen Brief unter der Tür. „Paula, schau mal hier."

Sie nahm den Umschlag und sah, dass er von dem Vormieter adressiert war. Neugierig öffnete sie ihn und begann zu lesen. Es war eine Nachricht, die Informationen und Tipps über die Wohnung und die Umgebung enthielt. Es war eine freundliche Geste, die Paula sehr schätzte.

Nach einem langen und anstrengenden Umzugstag fiel Paula erschöpft, aber zufrieden in ihr Bett. Sie war bereit, in ihrer neuen Wohnung und in diesem neuen Kapitel ihres Lebens Fuß zu fassen.

anrufen - to call (on the phone)

anstrengend - exhausting

aufregender - exciting

Baumarkt - hardware store

beschriftet - labeled

Heizkörper - radiator

Heizung - heating

Hochtragen - to carry up

Kapitel - chapter

Karton - box

Küchenutensilien - kitchen utensils

Lebensabschnitt - phase of life

Lebensretter - lifesaver

Neuanfänge - new beginnings

Pizzeria - pizzeria

reibungsloser - smoother

seufzte - sighed

Umschlag - envelope

Umzug - move (relocation)

Umzugsservice - moving service

Umzugswagen - moving truck

Ventil - valve

verklemmt - jammed

Vermieter - landlord

zufrieden - content/satisfied

zustimmend - approvingly

3. Die Nachricht

Es war spät, aber die Neugier ließ Paula nicht schlafen. Der Briefumschlag fühlte sich alt und ein wenig abgenutzt an. Mit einem tiefen Atemzug öffnete sie ihn und begann den Inhalt zu lesen.

„Liebe Paula,

erst einmal möchte ich mich für die Unannehmlichkeiten entschuldigen, die ich mit den vielen Schlüsseln verursacht habe. Ich hoffe, Sie finden sich gut in Ihrer neuen Wohnung zurecht. Ich habe dort viele Jahre gelebt und habe einige Tipps und Hinweise, die Ihnen vielleicht helfen könnten."

Paula lehnte sich zurück und lächelte. Die warmen Worte des Vormieters berührten sie. Er schrieb weiter über die verschiedenen Geschäfte in der Nachbarschaft, den freundlichen Bäcker an der Ecke und das kleine Café im Erdgeschoss, das den besten Kaffee der Stadt serviere.

Doch was Paula wirklich fesselte, war der Hinweis auf ein geheimes Fach hinter dem Bücherregal. „Was könnte das wohl sein?", fragte sie sich und stand auf, um nachzusehen.

Mit Hilfe von Markus schob sie das Bücherregal zur Seite. Tatsächlich, da war eine kleine unscheinbare Tür. Paula öffnete sie und fand darin eine Kiste mit alten Fotos und Briefen.

„Wow, schau dir das an!", rief Markus aus. Er nahm eines der Fotos in die Hand. Es zeigte eine Gruppe von Menschen bei einer Feier. Alle lachten und schienen eine gute Zeit zu haben. Auf einem anderen Bild sah man Kinder, die im Hof des Gebäudes spielten.

„Diese Menschen müssen alle hier gewohnt haben", sagte Paula nachdenklich. „Es ist so faszinierend, an einen Ort zu ziehen, der so viel Geschichte hat."

Markus stimmte ihr zu. „Vielleicht sollten wir den Vormieter kontaktieren. Er könnte uns mehr über diese Fotos erzählen."

Paula zögerte einen Moment. Dann griff sie zum Telefon und rief Herrn Müller an, den Makler. „Hallo, Herr Müller. Ich habe hier einen Brief vom Vormieter und wollte fragen, ob Sie mir vielleicht seine Kontaktdaten geben könnten."

Herr Müller war ein wenig überrascht, willigte aber ein. „Natürlich, ich sende Ihnen die Informationen per E-Mail zu."

Es dauerte nicht lange, und Paula hatte ein Treffen mit dem Vormieter, einem älteren Herrn namens Heinrich, organisiert. Als sie sich in einem Café trafen, konnte Paula ihre Neugier kaum zurückhalten.

Heinrich lachte. „Ich wusste, dass das Fach Ihre Aufmerksamkeit erregen würde. Diese Fotos stammen aus einer Zeit, als das Gebäude eine lebendige Gemeinschaft war. Jedes Bild erzählt eine Geschichte."

Er sprach über die Menschen auf den Fotos, erzählte von den Feiern, den Hochzeiten und den Geburtstagen. Paula hing an seinen Lippen. Es fühlte sich so an, als würde sie durch die Zeit reisen.

„Ich hoffe, Sie fühlen sich genauso wohl in der Wohnung, wie ich es getan habe", sagte Heinrich schließlich.

Paula nickte. „Ich denke schon. Ihre Geschichten haben das Gebäude für mich zum Leben erweckt."

Als es Zeit war zu gehen, umarmte Paula Heinrich. „Vielen Dank für alles. Sie sollten wirklich mal vorbeikommen, wenn Sie in der Gegend sind."

Heinrich lächelte. „Das werde ich sicherlich tun."

Paula ging mit einem warmen Gefühl im Herzen nach Hause. Sie wusste jetzt, dass sie nicht nur eine Wohnung gefunden hatte, sondern auch ein Zuhause mit einer reichen Geschichte und Erinnerungen, die sie nun weiterführen würde.

Bäcker - baker

berühren - to touch/move (emotionally)

Briefumschlag - envelope

Bücherregal - bookshelf

Café - cafe

erzählen - to tell/narrate

Fach - compartment

faszinierend - fascinating

feiern - to celebrate

Geburtstage - birthdays

gemeinschaft - community

Geschichte - story, history

Hochzeiten - weddings

Hof - courtyard

Kiste - box

Kontaktdaten - contact details

lächeln - to smile

Makler - real estate agent

Nachbarschaft - neighborhood

Neugier - curiosity

Reichen - rich (in the context of the story: plentiful, abundant)

umarmen - to hug

Unannehmlichkeiten - inconvenience

unscheinbare - inconspicuous

Vormieter - previous tenant

zögern - to hesitate

zurückhalten - to hold back

German Graded Readers

For more books and E-book options visit:

www.briansmith.de